平凡的哲学

葛昌永 著

国文出版社
·北京·

图书在版编目（CIP）数据

平凡的哲学 ／ 葛昌永著 ． -- 北京 ：国文出版社，
2024． -- ISBN 978-7-5125-1793-6

I267

中国国家版本馆 CIP 数据核字第 2024FE5817 号

平凡的哲学
────────

作　　者	葛昌永	
责任编辑	于慧晶	
责任校对	杨婷婷	
出版发行	国文出版社	
经　　销	全国新华书店	
印　　刷	文畅阁印刷有限公司	
开　　本	710 毫米×1000 毫米	16 开
	12.25 印张	165 千字
版　　次	2025 年 1 月第 1 版	
	2025 年 1 月第 1 次印刷	
书　　号	ISBN 978-7-5125-1793-6	
定　　价	68.00 元	

国文出版社
北京市朝阳区东土城路乙 9 号　　　　邮编：100013
总编室：（010）64270995　　　　　　传真：（010）64270995
销售热线：（010）64271187
传真：（010）64271187-800
E-mail：icpc@95777.sina.net

自 序

　　哲学，名号高深，其实朴实。它是天上的白云、远方的青山、眼前的河流、脚下的道路；它是工作、学习、早茶、晚餐，它还是你的感受、体验和心情。哲学就在日常生活中，与万物万事相厮守、共朝夕，正所谓道者常道也。哲学旨在厘清事物与事物的联系及其规律，探讨如何将我们对事物的看法纳入规律之中。只是，不同人对这种规律的看法不同。这种不同归纳起来无非两类：以客体存在为第一者；以心性发见为第一者。若仅就此两端争论，终不可弄得明白。一方面，没有物，哪有偌大世界？没有偌大世界，哪有万事万物及人类？人类尚没有，当然更不存在什么人的意识，所以存在决定意识。另一方面，任万物怎样丰富多彩，多么富有变化，可如果没有人去发现，去总结归纳，万事万物便只是客观存在。正如王阳明所说："心即理也。天下又有心外之事，心外之理乎？"在我看来，存在与意识相互依赖，互为阴阳，为什么一定要分出主次呢？为了第一、第二争得面红耳赤，想来可笑。

　　其实，心物感应才是关键。

　　物不同，在于物的存在方式不同。除去物千差万异的具体形态，留下的便是共性。譬如，生物是一种有生命的东西；生命离不开阳光和雨露；不同季节的鲜花都很美丽；冷了就要加衣，热了就要减衣；人吃饱了不饿；没有云就不可能下雨；有高山便有峡谷；有飞瀑必有深潭，有日升便有日落；有兴便有衰，有衰便有兴。这些道理本就存在于事物之中，存在于平常生活之中。又如王阳明所说的知行，知而不行，等于无知。知行合一，心物一体，诚然也。

天下无一物皆利或皆害者。阳光、空气和水，万物失之则不可。然而，某些用品暴晒于外则失色；水滴漏于屋则崩坏；密封之物进入空气则加速腐败。所以，利害不能以人之私，或以某一物之用而论之。

据说，黑格尔看了老子的书，大为惊叹；而看了孔子的书，则有些失望，认为孔子说得太浅显。伏尔泰却对孔子大加赞赏，说孔子把道理说得明白简单，全世界也找不到这样的伟人。老子、孔子当然都是哲人。

哲学，有人说是辩学。辩则明，可往往钻进去有时却越辩越糊涂。相传朱熹与陆九渊在鹅湖书院擂台论道，最终谁也没说服谁。其实，抛却那些烦琐得让人绕得腿肚转筋的论点、论据、论证，蓦然回首，道理其实也简单。有一个故事，讲的是改革开放初期，某单位进口一台由无数条盘盘曲曲的金属管组成的机器，研究所一班研究人员怎么也理不出头绪来，看大门的师傅走过来说这还不简单，于是深吸一口手中拿着的旱烟袋，对着某个管口吹进去，烟从另一头冒出来，这样很快将各个管道线路理得清清楚楚。哲学的使命，便是化烦琐为简单。

葛昌永

目 录

时空 / 001

敬古与尚新 / 004

学问与智慧 / 008

齐家与治国 / 012

治乱 / 015

公与私 / 017

兼善天下与独善其身 / 020

专深与广博 / 024

傲慢与偏见 / 026

悲喜 / 028

棒杀与捧杀 / 031

插柳与折柳 / 033

成败 / 035

出世入世 / 038

动静 / 040

繁简 / 042

方略与细节 / 046

非常与平常 / 049

分合 / 052

刚柔 / 054

规则与自由 / 057

好事与坏事 / 059

环境与人生 / 062

假真 / 066

林子与鸟 / 068

耐力与韧性 / 072

判断与选择（一） / 075

输赢 / 078

顺其自然与主观努力 / 080

天遂人愿与事与愿违 / 082

统与分 / 084

推敲 / 087

危机与机遇 / 090

先发与后发 / 092

自由与约束 / 096

馅饼与陷阱 / 100

想法与启发 / 103

形势 / 107

一时与千秋 / 110

有意与无意 / 113

鱼与熊掌 / 115

原则性与灵活性 / 118

远近 / 120

正奇 / 123

智勇 / 125

记恩与忘恨 /127

大小 /130

得失 /133

有无 /137

立场与角度 /140

舍得 /142

自我免疫与外部干预 /145

渐变与裂变 /148

开封 /150

理性与激情 /152

偶然与必然 /155

清零与重建 /158

事前事中事后 /160

创造与破坏 /162

判断与选择（二） /166

疏密 /169

效率与公平 /172

形势 /175

鱼与渔 /178

聚散 /180

雄强与儒雅 /182

新旧 /184

时空

时间与空间构成整个宇宙。

宇宙是时空的结合体。

坐标是个数学概念，却最能表达时间与空间之关系。把时间看作横轴，空间就是纵轴，纵横交错，天地间所发生的一切，不过是坐标某一方位上的一个节点。反过来说，我们要准确定位某一历史事件，只要在这个坐标上去找，就能找到位置。

就说地球，我们知道它是个球体。好大一个球体，怎么指认某一地域、某一方位？人们由织布受到启发，以经纬为坐标，于是有了经度与纬度。经度、纬度纵横交错，成为网格。用网格划分地球，再大的球也可以被分割为不同区间的小单元。于是，地球上所有的存在，无不在具体小单元中。这样，地域的方位问题便迎刃而解了。用这种方法，我们今日可以准确地定位：北京，中心位置位于东经116 度 20 分，北纬 39 度 56 分。抓住了经纬，什么点都能找到。用时间的纵轴与空间的横轴进行覆盖，那么北京历来发生的所有大事件，都可以串联起来。

时间与空间是永恒的命题，是天地间的一个"大筐"，什么东西都可以往里面装。人生便是由时间与空间构成的。占用多少时间是你的寿命。身体的胖瘦和影响力的大小是你的空间。有些人活到一百岁，却没有什么建树；有些人英年早逝，却永载青史。这表达的是人生的价值关系。历数古今中外有大建树者，绝大多数惜时如金。为什么惜时如金？不过是拉长时间的弹性，扩张空间的容量。压缩时间，意味着赢得空间。占有空间，等于占有更多时间。

举个例子，就说读书。两个人都是八小时工作制，一人工作完八小时，便万事大吉；一人八小时之外，每天能读一小时的书。这两个人，过了一天、一月，或许看不出什么区别，可是一年、十年以后呢？那个读书人，等于延长了自己的时间。所以，人生之区别，往往在业余时间里。当然，这里说的读书，是指有效地读书，读有用的书。读书也分有效、无效与负效三种，其中，负效是指坏书对人产生的负面影响。读书不当，往往会适得其反。然而大概率来看，读万卷书与行万里路是人进步的阶梯。即使偶尔读了无用的书，梁文道曾说："读一些无用的书，做一些无用的事，花一些无用的时间，都是为了在一切已知之外，保留一个超越自己的机会，人生中一些很了不起的变化，就是来自这种时刻。"这是另外一种心得。这需要人有相应的辨别力与自控力。

譬如省工与省力的关系。省力不省工，省工不省力，这恐怕也是一条定律。据说，明时建北京故宫，从外地弄那块长16米、宽3米、厚1.7米、重达200多吨的石雕（位于保和殿北侧），从当时的生产力水平来看，人力、畜力如何搬运这等庞然大物？于是人们在地上洒水结冰，人山人海地推拉才将其弄到北京城。这样做省了力，但费时费工——需要洒水，需要等候。若不采用这种笨方法，不省力不说，那块大石头根本就弄不动。时间转换到今天，情景完全不同了，还是那块大石头，大吊车轻轻一抓便吊了起来，装进安有几十、上百个轮胎的重型车上，拉起来轻轻松松便运走了，哪会费时等待冬天洒水结冰，再靠人力、畜力推拉呢？时间与空间的转换，改变了世间万物的存在方式。

再譬如做买卖的，买卖过程不过是商品的归属权在时间和空间上的变化和移动。商品有长宽高，这是空间占有；岁月延续，则是时间占有。

时间最是无情物。占有财富是许多人的梦想。延长时间也是许多人的期望，那么到底是时间重要还是空间重要？《淮南子·原道训》中说："圣人不贵尺之壁而重寸之阴，时难得而易失也。"这是说光阴珍贵。光阴之所以珍贵，是因为它难得，容易逝去。张爱玲在《十八春》里说："对于三十岁以后的人来说，十年八年不过是指缝间的事。"德裔美籍人塞缪尔·厄尔曼曾写过一篇短文《年轻》，松下幸之助曾说："多年来，《年轻》始终是我的座右铭。"

朱自清在《匆匆》中发问："你聪明的，告诉我，我们的日子为什么一去不复返呢？"

我说，不用谁告诉，自己便明白。

敬古与尚新

敬古与尚新，其实就是继承与创新。

中国文化源远流长，中华文明博大精深。2023 年 6 月，习近平总书记在文化传承发展座谈会上发表重要讲话时强调："只有全面深入了解中华文明的历史，才能更有效地推动中华优秀传统文化创造性转化、创新性发展，更有力地推进中国特色社会主义文化建设，建设中华民族现代文明。……如果不从源远流长的历史连续性来认识中国，就不可能理解古代中国，也不可能理解现代中国，更不可能理解未来中国。"

因此，全面深入了解中华文明的历史是起点，有效地推动中华优秀传统文化创造性转化、创新性发展是过程，而推进中国特色社会主义文化建设、建设中华民族现代文明，则是目标。从这种逻辑出发，我们便可以清楚地看到敬古与尚新之关系。

"我们从哪里来，要到哪里去"，这是人类的千古追问。人类不会突然从天上掉下来，人类从远古走来。文明经过积累沉淀，才呈现今天的社会样貌。文明是什么？文明是人类历史进化过程中不断积累的有利于认识客观事物、符合人类精神追求、被大多数人接受并认同的人文精神。文化是人类文明遗留下来的物质与精神财富的总和。而优秀传统文化则是那部分能进入我们灵魂深处的精神基因。我们就是要用优秀文化和人文精神育化人，使大量优秀传统文化在漫长发展过程中能够赓续传承，使人类得以持续发展，并不断探索创新。

敬古，其实就是敬重优秀传统文化。优秀传统文化是一个体系，用基因一词来描述，似乎更恰当一些。什么是基因？每一种事物，延续至今，都是继承的过程。猫之所以是猫而不是狗，马之所以是马而不是驴，书法之所以是书法而不是画，这就是继承的本质。当然，随着生存环境的变化，事物也在变化。牛马之类如果不是人类祖先将它们驯化，它们还是野生状态，来到今天，也会像野牛、野马、熊猫、藏羚羊那样，成为珍稀物种。当前，中国已进入内燃机、电气化、自动化时代。火车由开始跑不过马车到如今档次不断提升，是从最初原始形态开始起步的。今天我们人类这么厉害，想上天就能上天，想入地就能入地，想跨海就能跨海，许多过去不可能做到的事情，现在已经习以为常，可是谁又能否认我们就是刀耕火种、穿草裙、食腥膻的古人的后代呢？我们的知识与进步，是一代又一代人的积累的结果。

譬如书法，现在有的书法大师写成价值连城的作品，给人以美的享受，可是最初仓颉造字时，有人写得出今人创作的这些作品吗？历史上书法出现多个阶段，产生了不同书体，但各个历史阶段和各种不同的书体之间都有着极其密切的传承关系，绝不是另起灶台，凭空就能诞生的。在生物工程中，人们将植物的种子拿到太空中去培育，或者杂交、嫁接、优化，可是这些物种无论如何变异，总带有原生的基因，保留了它独有的特性。我们可以再造出新品种，但我们很难再造出新物种。克隆技术弄得沸沸扬扬，可克隆出来的羊，依然还是羊。我们的书法再"离经叛道"，再如何"现代化"，再自认为是走捷径的"独创"，总还得是汉字才行，总还得有人们共同认知的书法作品所具备的那些基本属性。字如果写得连中国人都认不得，夸张到变了形，需要人们像猜谜一样去猜测，那是游戏，不是书法。

怎么继承？就是要把先人优秀的东西学过来，传下去。什么是创新？就是要在继承传统的基础上取其精华，去其糟粕，与时俱进，站在古人的肩膀上拓展新领域，认识新事物，发现新道理，创造新辉煌。继承是基础，是前提；创新是发展，是进化。继承并没有否定创新的重要性；创新也绝不能脱离继承去创新。原子弹很厉害，可最初火药的发明，才是根源。原子弹就是在火药的基础上创新的结果。没有创新，继承就没有生命力；没有继承，创新就没有原动力。创新是人类社会发展的不竭动力。科技创新，进而涌现出先进生产力；管理创新，进而有了聚财的高效率；制度创新，进而能够产生社会政治的合理性；创新也是物质世界发展的不竭动力，物质世界千变万化，都是物种不断进化的表现。在恐龙时代，许多物种灭绝了，而鳄鱼与蜥蜴得以保留下来，并能延续至今，也是这种物种能"适者生存"的缘故。水杉树是距今1亿多年前中生代白垩纪的古老物种，曾以为已经灭绝。20世纪40年代，中国植物学家在湖北省利川市谋道镇发现了一株树龄600多年的水杉，方知这种"植物活化石"依然存在。此发现被誉为"20世纪植物学的重大发现"。世界各地引种的水杉，皆为此树之后代，故此树被誉为"天下第一杉"。据史料记载，当今地球上的物种，每一时期都有若干种走向消亡，那些物种的消亡，除了人为干扰的原因，还出于它们适应不了生存条件的变化。从这个意义上说，不断地创新，才是最好的继承。

所以，我们既敬古又尚新，这是一组辩证关系。中华文化从来都是在对既有规律的认识上的不断深化，并在深化过程中总结实践经验，提炼发展规律，实现传承发展。敬古是敬重古人流传下来的优秀东西，是守正。守正根基，敬古与尚新和谐共促，才能为历史文脉赓续传承提供不竭动力。新时代背景下，新生事物不断涌现，如果裹足不前，文明发展就会终止。新生事物的出现，为中华文化传承及现代文明建设带来新机遇，为多维度地延续中华文脉提供可能空间。尚新，就是在文化传承中坚持创新，以现代眼光和未来视角抓住发展机遇，运用数字化等现代技术手段进行生动呈现与传播，彰显中华文化的深厚历史底蕴与现实基础，使中华文明发展与创新实践更具时代性，从中获得国家和民族所需的最基本、最强大、最持久的发展力量。

学问与智慧

有学问是不是就有智慧？智慧是不是就是学问？难道学问没有用处吗？

以上问题的答案，肯定都是否定的。

学问其实就是知识，是人类对世界认知的积累。智慧是人们对认知的洞察和运用。学问可以转化为智慧，智慧包含一定的学问。

秦末汉初杰出谋臣张良，原为韩国士子，是个有学问的人，精通黄老之道，将学问运用于实践，成为西汉开国功臣。他体弱多病，未曾单独领兵驰骋沙场，然而高超的谋略是其他将领比不了的。譬如，他献计得宛城（今河南省南阳市宛城区），使刘邦西进顺利；他献计取峣关，使刘邦率先进入关中；他献计"约法三章"，使刘邦赢得关中人民的拥戴；他献计"鸿门宴"，使刘邦脱离虎口，化险为夷；他献计火烧栈道，又献计"明修栈道，暗度陈仓"，一举平定三秦。又譬如，当郦食其出馊主意欲封六国时，张良力劝而止；当刘邦冒进与项羽决战弄得一败涂地时，他献"下邑之谋"，"聚集三王，方可与霸王一战"，联络英布、彭越，加上韩信，转败为胜，战胜项羽，使天下归汉；在争霸天下、纵横捭阖的疾风骤雨中，他为大汉的诞生立下头等功勋，所以刘邦评价张良："夫运筹策帷帐之中，决胜于千里之外，吾不如子房。"此外，在建都问题上，他又力排众议，刘邦才决意建都长安。建都之后，刘邦想改立太子，这或将引起内乱，又是张良献计，请出"商山四皓"，使刘邦放弃改立太子。这些谋略，无不关系着刘氏集团的生死存亡。他功高盖世，建都后却托词多病，闭门不出，功成身退，摒弃人间尘念，专心修道养精。若无超绝智慧，哪有这样的张良？

再说刘邦，他几乎是个文盲，可帝王智慧并不仅从书本中得来。当年韩信北路战线势如破竹，顺利进军，先后平定魏、代、赵、燕、齐五国故地，欲做齐王，便派人向刘邦求封"假齐王"。刘邦大怒，当着使者的面开口大骂。谋士陈平坐在刘邦之侧，深知韩信的向背对楚汉胜负举足轻重，连忙在案下轻轻踩刘邦的脚，刘邦瞬间反应过来，骂道："大丈夫干成功业，要做就做真王，何必做假王！"他骂得自然衔接、天衣无缝，使者竟未察觉。于是韩信做了齐王，也有了后来他布局的"十面埋伏"与"四面楚歌"。管中窥豹，可见一斑。只此一例，我们便可窥见这个没读过多少书的刘邦的智慧。

然而，有学问不等于有能力，更不等于有智慧。隋二世杨广自以为学问天下第一，为所欲为，劳师出朔方，三征辽左，增加赋税，大兴土木，一意孤行地"弃崤函之奥区，违河洛之重阻。言贼者获罪，敢谏者受刑"；终于"四海骚然，土崩鱼烂，丧身灭国"（安尧臣语）。后人朱敬则曾在《隋炀帝论》一文中反问道："彼炀帝者，聪明多智，广学博闻，岂不知蛟龙失云，渔父足得为害？鲸鲵出水，蝼蚁可以为灾？"还有纣王与霸王，他们皆以为天下无人匹敌，故敢冒天下之大不韪。他们如果懂得敬畏，有所顾忌，也不至于身败名裂，被天下人耻笑。严嵩、秦桧都是满腹学问的人，玩起权奸来，绝对高人一筹。就说李斯这样的士子，竟也苟合赵高，改诏立胡亥为太子，因一己之私利，致江山社稷于不顾，弄得秦朝二世而终。李斯没有学问吗？假若将李斯换作周公、魏徵、比干，赵高可以得手吗？假若赵高的阴谋不能得逞，江山被交到扶苏手里，说不定秦朝不会

二世而终。

由此看来，人没有学问不行，学问多了没有智慧去统领也会反受其害。这是因为：其一，学问多了会相互打架，脑子里出现几个不同的"我"，使认知变得复杂；其二，学问也有价值不同之分；其三，自以为有学问，就会目空一切，陷入自满与癫狂。所以，学问需要智慧的统帅，失去智慧的统帅，学问便是死知识，甚至成为洪水猛兽。赵括为名将之后，满口武备，当他代替廉颇做统帅，却使长平之战中的几十万赵兵被秦军坑杀；马谡谈起兵法头头是道，可初试牛刀，便失街亭，使诸葛亮出祁山的努力前功尽弃。而宋代名相赵普是个半文盲，却能仅用"半部论语治天下"。

据说星云大师讲法时，一个刁钻的人想难为他，问他一个人在房间时是否会偷偷吃肉。星云大师没有正面回答，而是反问提问题的人："请问，您是开车来的吗？开车时您系安全带吗？那么，您系上安全带是为自己还是为警察？如果是为自己，有没有警察你都会系。"这是多么智慧的回答。

知识是客观的，虽然不断更新，但相对具有静态特性。智慧在于运用，具有高度的灵活性和适应性。行为过程需要活的知识，在实际运用学问时，要根据变化的情况进行调整。智慧是通过深刻思考和敏锐观察，将知识转化为决策力和行动力。当然，我们绝不能忽视学问在培养智慧过程中的作用。学问是智慧的基础，没有扎实的学问积累，难以形成有价值的智慧。通过不断学习、思考和探索，获得丰富的知识，才能为智慧提供丰厚的储备和坚实的支撑。在当今知识爆炸的时代，我们虽然拥有丰富的学习资源和好的学习条件，但勤奋学习是第一位的，同时也要清醒地认识到，不能仅仅满足于有学问，还要努力将学问转化为智慧。

齐家与治国

　　"古之欲明明德于天下者，先治其国；欲治其国者，先齐其家；欲齐其家者，先修其身；欲修其身者，先正其心；欲正其心者，先诚其意；欲诚其意者，先致其知，致知在格物。"《礼记·大学》为表达这一论断的重要性，又接着说道："物格而后知至，知至而后意诚，意诚而后心正，心正而后身修，身修而后家齐，家齐而后国治，国治而后天下平。"一段关于格物、修身、治国、平天下的旷世名言，将家与国的关系、治家与治国的道理，甚至人与物的关系，说得透彻明白。

　　《孟子·离娄上》中云："天下之本在国，国之本在家。"齐家与治国紧密联系，家国不可分割。齐家是治国的基础，家庭是社会的基本细胞。家与国皆由人组成，而人又总要从家庭中走出来。所以，家庭是人生的第一所学堂。一个人在家庭中养成的品德和习性，在潜移默化中影响人之终生。家长在家庭中树立良好的形象，塑造良好的家风，培养家庭成员的责任感、道德感和自律意识，才能为国家培养出有担当、有道德、有能力的人。

　　传说中的先王舜，家庭环境很不好，父母与弟弟曾经多次设计害他，他依然坚持孝仁，感化家人，以德报怨。他的孝行感动天帝，大象帮他耕地，小鸟帮他锄草。帝尧听说了舜的治家故事，很受感动，经过观察和考验，选定舜做自己的继承人，并把两个女儿嫁给他。在尧看来，舜有这样的治家才能，将国家交给他便可以放心。周公旦以仁德治国，十分重视家庭建设，成为孝敬父母的典范，影响着家族与国家。周公制定的礼乐制度，不仅规范着国家的政治秩序，也影响着人们的家庭生活，使家庭关系孝悌得宜、和谐有序。再如诸葛亮，一生"鞠躬尽瘁，死而后已"，他不仅为蜀汉政权的稳定和发展做出了巨大贡献，也是一个重视家庭教育、关爱子女的好父亲。他的《诫子书》中所体现的修身、立志、治学的思想，至今仍具有重要的教育意义。美国第三十二任总统富兰克林·罗斯福，他的家庭教育对他的政治生涯产生了深远的影响。他的母亲萨拉·德拉诺·罗斯福是一位坚强、智慧的女性，她的引导使罗斯福从小树立起远大的理想和坚定的信念。正是这种家庭的熏陶，让罗斯福在面对国家危机时能够挺身而出，带领美国人民走出困境。

淮南王刘安是汉高祖刘邦的孙子，汉武帝刘彻的叔叔。他虽贵为亲王，却因治家不严，家庭常出意外，终于祸起萧墙，走向反叛朝廷的不归路，结果身败名裂，也给国家带来灾难。霍光是西汉时期的著名政治家和军事家。他曾受汉武帝临终之托，先后为孝昭、孝宣两任汉帝师保，得一世英名。然而治家不严，其妻子为了让自己的小女儿成为皇后，竟然收买医官淳于衍，在许皇后产后下毒将其害死。最终，家族权势一步步被削弱，给国家也带来损失。把个人及家族利益置于道德与法律之上，致使家国蒙难的例证，古今真是不胜枚举。

齐家与治国联系紧密。孔子强调"孝悌为仁之本"，认为只有在家中做到孝敬父母、友爱兄弟，才能在社会上推行仁政。孟子提出"天下之本在国，国之本在家，家之本在身"，进一步阐述了齐家与治国的内在联系。这些古代圣贤的观点，对我们理解齐家与治国的联系很有帮助。在当今时代，我们正处于实现中华民族伟大复兴的关键时期，发扬与继承"齐家与治国"的优秀传统文化，以家庭和谐稳定促进国家的繁荣发展，才能实现国家的长治久安和人民的幸福安康。

治乱

　　"话说天下大势，分久必合，合久必分"，这是《三国演义》的开篇句，定义虽然武断，但社会治乱之变，果然未能跳出这一窠臼。自古以来的治乱交替的历史画卷，总是给人们带来无尽的思考。

　　乱世，往往是社会动荡、秩序混乱的时期。在这样的时代背景下，英雄应运而生，他们凭借过人的胆识、卓越的智慧和顽强的意志，挺身而出，力挽狂澜，欲拯救国家于水火之中。秦末年天下大乱，项羽以其勇猛无畏的气概和杰出的军事才能，成为那个时代的传奇；东汉末年的曹操，于乱世中崛起，凭借雄才大略，成为一方霸主。乱世出英雄，是因为在这样的环境下，人们面临巨大的挑战和危机，社会需要找到安定团结的出路，于是那些具有非凡能力的人，在困境中脱颖而出，成为时代的弄潮儿。

　　治世很少出英雄。太平盛世，社会秩序相对稳定，人们的生活较为安逸，缺乏乱世中那种激发潜能的动力和环境。因此在治世中，那些循规蹈矩、按部就班的人往往更容易适应现实生活和社会发展。那些具有创新精神和冒险精神的人，却显得有些格格不入。

　　"打江山容易，守江山难"，这句话深刻揭示了治理国家之难。夺取政权或许可以凭借武力和智谋，但要保持国家长治久安，需要付出久久为功的努力。汉高祖刘邦夺取天下后，面临诸多挑战，不得不采取一系列措施巩固政权，稳定社会秩序；又经过"文景之治"，大汉朝才得以巩固发展。唐太宗李世民开创贞观之治，却能始终保持清醒的头脑，"水能载舟，亦能覆舟"，这是他以人民为本的名言。他不断改革创新，应对各种潜在危机，使唐朝成为当时世界上最强大的国家之一。

在和平社会的治理中，施仁政是一种重要的理念。仁政强调以民为本，关注民生福祉，通过合理的政策和制度安排，让人民过上幸福安定的生活。历史上的许多明君贤臣都推行过仁政，如汉文帝、汉景帝时期的"文景之治"，宋仁宗时期的"仁宗盛治"等。这些时期，国家政治清明，社会和谐稳定，人民安居乐业。最佳的治世方法，莫过于德治与法治相结合。以德治国，强调道德的引领和感化作用，通过教育、宣传等方式，培养人们的道德观念和行为规范；依法治国，强调法律的权威性和强制性，通过严格执法，维护社会秩序和公平正义。外儒内法，德法兼备，是中国古代政治治理的成功模式。这种模式既注重道德感化，又强调法律约束，使国家治理更为科学有效。

依法治国，还有个宽严问题。王夫之提出"法严而任宽仁之吏，则民重犯法，而多所矜全；法宽而任鸷击之吏，则民轻犯法，而无辜者卒罹血不可活"。他深刻地指出了严与宽之间的平衡之道。过于苛刻的法律可能压抑创造力和积极性，过于宽松的法律则可能导致法不禁人，因此需要根据具体情况，合理调整法律的严宽程度，以达到最佳治理效果。"上有雷鸣电闪，下有雨露滋润"，这句话形象地描述了国家的治理状态：既要保持一定的威慑力，让违反者受到应有的惩处，又要给予人民关爱和支持，让他们感受到国家的温暖和关怀。同时，我们还要注重权力的制衡和监督，防止权力的滥用和腐败。

良好的治理，是防止进入乱世的根本之法。回顾历史，我们可以看到治乱交替的背后，是民心的向背。民心是国家的根基，只有赢得民心，才能实现国家的长治久安。

公与私

在人类社会发展进程中，公与私是一对永恒的矛盾，也是社会管理的难点与焦点。公与私既相互对立，又相互依存，它们的相对性和依赖性比其他对应关系要明显与强烈。

从人的本性来看，"人不为己，天诛地灭"，这句话在一定程度上反映了个体对自身利益的追求。然而，这并不意味着公与私是绝对对立的。事实上，公与私之间存在着微妙的平衡，"主观为自己，客观为他人"是常态。"我为人人，人人为我"，这句话体现出个体与社会之间的相互关联与依存。我们生活在社会中，需要交换产品，交流思想，分享所得，个人利益总与公众利益融合在一起。

"大河有水小河满""藏富于民国家安"，这两句话能反映公与私的和谐关系。国家富有而民不聊生，或者民虽富裕而国家安全无保障，都是糟糕的选项。灭私欲，不可能。在一定程度上，发展个人利益与张扬个性，可以促进社会创新和进步。公共利益的发展与实现，可以为个体的发展提供广阔的空间与舞台。个人利益的追求与增长，转过来又可以促进公共财富的扩大与丰富。墨子倡导"兼爱"，强调普遍地、无差别地爱他人。这种博爱精神，既体现在包容个体差异上，又体现在追逐公共利益上。公共利益得到保障，广泛的爱才能够得以普施。

在社会管理层面，管理体制的变化总是反映着对公私关系的调整与完善。法律和政策的主要任务就是调节公私二者的关系。平衡公与私的关系，始终是管理的主要任务。小我的利益与大我的利益之间的矛盾无时不有，要扩大集中就会削弱个体，向个体倾斜总要相对减少集中。调和好这组矛盾，社会生产力就会充分释放，人的积极性就会提高。所以，二者总是处在既矛盾又不可分离与既对立又统一的状态。正常情况下，它们相互促进、相互转化，这便是恰当的选择。我们需要在公与私之间找到合适的平衡点，既保障公众利益，又尊重个体的权利与发展。

古往今来，既重国又爱家的志士仁人很多，对国有贡献，治家有成果，双赢才是最佳目标。宋代有位曹彬，曾是后周世宗柴荣的侍者，掌管茶酒招待事宜。一次，赵匡胤向曹彬要酒喝，曹彬却自己买酒请赵匡胤，绝不动用公物。后来赵匡胤即位，对群臣说："世宗身边的官吏不欺主瞒上的，只有曹彬一人。"从此以后，他把曹彬当作心腹。曹彬得到宋太祖的信任和重用，成为北宋开国功臣之一，家庭也由此繁荣昌盛，并留下宝贵的精神财富。明代王阳明，出生在一个千年文化世家。他的祖父王伦是饱读诗书之士，父亲王华是状元，自己与女婿徐爱皆为进士出身。王阳明文韬武略，成为"立德、立功、立言"的代表人物，为国家安定团结做出大贡献，创立王阳明心学，成为明代著名的哲学家、思想家、军事家、教育家、文学家，被誉为"千古第一完人"，家族也更加兴旺发达。

历史上也不乏私欲膨胀，使国家与社会、家庭与个人皆遭受极大损失的例证。南宋的贾似道，官至太师、平章军国重事，掌朝中实权，生活奢侈糜烂，聚敛奇珍异宝，搜刮大批书法名画，如《王羲之快雪时晴帖》《欧阳询行书千字文卷》等，还有无数民间美女，千方百计占为己有，只顾自己享乐，不顾国家安危，喜斗蟋蟀，专权误国，加速了南宋的灭亡，自己也不得善终。

公与私的关系是复杂微妙的，它们相互交织、相互影响。当今社会，我们面临更多、更广泛、更新的挑战和机遇，正确处理公与私的关系，对于家国安危至关重要。个人要树立正确的价值观，在追求个人利益的同时，不忘为社会做贡献，而底线是不能妨碍他人。国家要正确处理公共利益与个人利益的关系，实现社会与个人的共同发展，才能构建起更加和谐、美好的社会。

兼善天下与独善其身

"穷则独善其身，达则兼善天下"，这则古训体现了中国人传统思想中对个人与社会关系的深刻思考。

"达"是指人仕途顺利，能够施展才华时，就要有兼善天下之心，建兼善天下之功。有能力就应当为社会、国家做贡献，为实现天下公平、正义和繁荣而奋斗。这一理念体现着胸怀天下、心系苍生的高尚情怀。"穷"是指人仕途困顿，不能施展抱负时，在无法改变外部环境的情况下，就要独善其身，不躺平，不同流合污，不萎靡不振，注重自身的修养和完善，保持内心的平静与安宁。

兼善天下与独善其身的思想基础，与儒道两家的思想密切相关。儒家强调积极入世，倡导通过个人的努力和道德修养，参与社会管理，实现社会的和谐、进步与发展。孔子的"仁"便是兼善天下的集中表达。道家主张顺应自然、追求无为而为，在一定程度上体现了独善其身的理念。老子的"道"和庄子的"逍遥"，都蕴含着对个体自由和内心宁静的追求。

在历史上，许多典型的例子体现着兼善天下与独善其身的不同选择。诸葛亮受三顾之请，"鞠躬尽瘁，死而后已"，为实现汉室复兴不懈努力，是兼善天下的典范；推荐他的水镜先生司马徽，不愿在尘世中奔波，于是终老山林；陶渊明辞去彭泽县令，归隐田园，过着"采菊东篱下，悠然见南山"的生活，体现出独善其身的选择。在不同的时代背景和个人境遇下，人们会根据自身的价值观和能力做出不同选择。当年周公顶着极大压力，力挽周初朝廷于既倒；曹刿在国家危难时挺身而出，怕"肉食者鄙，未能远谋"；符坚南下，东晋危急，谢安"东山再起"，八公山上杀得前秦军队"草木皆兵"，挽救了东晋；楚人范蠡，助越王勾践成就霸业，却舍弃高官厚禄，泛舟于太湖之上，成为陶朱公；文种功成不退，落得死无葬身之地；介子推宁肯被火烧死，也不愿出山做官；商山四皓通古今、辨然否、典教职，终老在林泉之间；严子陵与光武帝有着深厚的同窗之谊，坚决归隐富春山。这都是对独善其身的诠释。所以，对于仁人志士来说，兼善天下与独善其身是适时的选择。兼济，果能不负天下；独善，果能垂范于后世。

范仲淹在《岳阳楼记》中，将进退说得真切，"是进亦忧退也忧"。进，你会有障碍，有责任，有非议；退，你会没后路，没保障，没出息。况且处在具体环境中，有时候进由不得你，退也由不得你。岳飞想进，所以写了《满江红》；辛弃疾想进，所以"把吴钩看了，栏杆拍遍"。你想走上历史前台为社会做大贡献，是好事，可一定行得通吗？像明代的胡惟庸，他寄人篱下时，说自己想当宰相，然而果真能当上宰相的能有几人？当上了宰相，却成了奸相，留下万世骂名。许多人想走红运，升官发大财，这种想法不过分，可现实中照样有破产的企业和家破人亡的人家，又奈其何？赵普想退，被形势所迫，又不得不与人同谋，做见不得人的勾当。武松想退，坐几年牢出来再做新人，可恶人不肯。像林和靖那样孤高自好、梅妻鹤子、纵性恬淡，死了还赢得宋仁宗赐谥的人，天下不多。

进和退，要看你在什么起点说话。对于一般人来说，进是常态。譬如，小学升初中，初中升高中，高中升大学，甚至初中直接上大学，再读硕士研究生、博士研究生；譬如，科长升副处长，副处长升正处长，正处长升副厅长，甚至有时候从副处级直接跳到副厅级。在

人生一定阶段，你只顾进，是不能理解退的。当你开始思考是进是退时，那才是你进退观形成的真正起点，这时你会发觉，你已经很犯难了。范仲淹就是这样，进吧，庆历新政已经受挫；退吧，济世报国之心又未消泯。就在这个当口，滕子京请他写了《岳阳楼记》，顺便有了表明心迹的机会，于是，一篇千古名文就顺其自然地问世了。这种在朝忧民、在野忧君的情怀，诠释了进与退的至高境界。

"身后有余忘缩手，眼前无路想回头"，这是许多人找不到退路的本质原因。连范仲淹与王安石这样才高八斗、清廉且智慧的人，尚且进退这么纠结，他们的结果算是好的。那些不知进退的人，在一味冒进中留下许多破绽，想弃进就退时，抽身已难。恰如洪水过后的堤坝，最容易生险崩溃。功成身退，这是中国士子的崇高理想。李白一生的理想境界便是功成身退，"事了拂衣去，深藏身与名"，先一展抱负，然后做林中高士，可李白终究没能施展政治抱负，却在诗歌上成就了千秋功业。世间能像范蠡、张良这样的人物，实在不多，像李斯"叹黄犬而长吟"者却不少。更多的乃是我等芸芸众生，一生处于尘世间。

在国家面临危机、社会需要变革时，兼善天下的精神显得尤其重要。仁人志士需要挺身而出，为国家前途和人民福祉而奋斗。在动荡不安或政治黑暗时期，独善其身则成为一些人护身的生活方式。兼善天下与独善其身，各得其所。兼善天下，能够激发人们的社会责任感和使命感，推动社会进步与发展；能让人们关注公共利益，为广大群众服务。独善其身，能让人们在复杂的社会环境中保持清醒和独立，不被外界干扰和诱惑，培养内心的坚韧与智慧。兼善天下与独善其身相互转化、相互补充。一个人的一生，有时在"进"的状态，有时在"退"的状态。在独善其身的过程中，个人的修养和能力得到提升，可以为日后兼善天下积蓄力量；兼善天下的经历，也会让人认识到自身的不足，从而进一步完善自我。

兼善天下是一种担当，独善其身是一种智慧。

专深与广博

〰〰〰〰〰〰

　　人生在世，不可能拥有所谓绝对自由。人生无论怎样不一般，在芸芸众生中皆可找到对应例证。一生专做一件事有成功的，如徐霞客与蒲松龄，前一位以"游山玩水"为人生要务，写下《徐霞客游记》，算是"玩"出了名堂；后一位于闲暇时间搜集民间鬼怪传说而写成《聊斋志异》，不料却写出一部名著，算是"聊"出了名堂；唐寅名动天下，可落魄止于解元，济世之路走不转，于是志移丹青，最后青史留名。要是这几个人真当上大官，忙于案牍，世或不知其人之名矣。唐太宗上马打天下，下马治天下，还兼书法、文章；苏东坡诗文书画、政经食乐无不兼备；王阳明创立心学，立功立德立言；达·芬奇既是画家又是科学家；爱因斯坦既是科学家又是小提琴高手；可见一身兼能者照样垂范千古。人生不管是专深还是广博，只要能成功，"不管白猫黑猫，捉住老鼠就是好猫"。

　　"博文约礼"一词出自《论语·雍也》。先贤早就用这个词阐明了专深与广博之间的关系。传说孔子向师襄子学习弹琴，师襄子给他一个曲子，孔子上手很快，不久便弹得像模像样，师襄子很满意，于是让他换学另一首曲子。孔子对师襄子说，我只是知道了这首曲子的旋律，还没有领会其演奏的技巧，师襄子同意他继续弹。过了几天，师襄子发现孔子弹这首曲子弹得很熟练，于是对孔子说，现在可以换一个曲子了。孔子又说，我虽然了解了这首曲子的弹奏技巧，但是没有领会这首曲子的意境。师襄子觉得这位学生特别，就让他继续弹。又过了几天，师襄子又问，孔子说还想通过演奏，把作者的形象揣摩出来。师襄子是个盲人，心想，孔子能通过演奏揣摩作者的形象吗？又过了几天，孔子对师襄子说，我现在渐渐明晰这首曲子的作者的形象了，这人瘦瘦黑黑高高的，眼光明亮远大，好像统治四方诸侯的王者，如果不是周文王，那会是谁呢？师襄子诧异，果然这首曲子名为《文王操》。操琴能知人者，孔子也！

专深与广博相辅相成。刘勰曰："凡操千曲而后晓声，观千剑而后识器。"（语出《文心雕龙·知音》）没有专深，难得精深，不精深怎么能站到专业最前沿？从史料查毕昇事迹，他一生专事印刷，凭发明活字印刷术便出人头地，成为中国古代四大发明者之一。沈括在《梦溪笔谈》中介绍了活字印刷的制作方法和印刷工艺，想必背后还有不少鲜为人知的故事。其一，毕昇需要熟谙当时的印刷技术，站在古人的肩膀上进行创新；其二，他得动心思，有改进印刷工艺的念头。他从两个儿子玩过家家，用泥巴捏成锅碗、桌椅等，悟出用胶泥刻字，窗户纸被捅破之后，离创新成功也就不远了；其三，思考不但要有成效，还要将想法付诸实践。因此，要想在一个领域里有建树，只有专业知识是不够的，还要有其他相关知识、正确的思想方法，以及敢想敢做的品质做支撑。我们说，王维的诗"诗中有画，画中有诗"，如果他只懂画或只懂诗，便不可能融会贯通。建百丈高楼与三间平房，基础迥然不同。科学家要在一个领域里出人头地，对其他相关领域也得有所探究。广博是相对的，大卜知识浩如烟海，个人的人生时间和精力毕竟有限，即使天下十斗之才一人拥有八斗，也不可能装得下天下知识之一毫。

傲慢与偏见

葛洪在《抱朴子·外篇·刺骄》中说："劳谦虚己，则附之者众；骄慢倨傲，则去之者多。"勤劳谦虚，受人尊重；骄纵傲慢，被人疏远。谦虚是一种美德和修养，可真正实践起来却是很难的。

为什么难？因为我执太重。看问题总是站在自己的立场，便不能站在更高处；站在高处会孤独，所以很难。这也看不惯，那也看不惯，这便是傲慢的表现。与自己意见不合，就认为不妥，便生起傲慢心。自以为是是人的一大毛病。一个人的学识与认知，多是片面的、有限的，不可能囊括世界之全部，可有傲慢心的人，便认为自己是世界的全部。

固执己见，其实是件痛苦的事情。德生于谦卑，谦卑使人快乐，没有执念的包袱。《周易·系辞下》里讲："谦，德之柄也。"谦卑礼让，德行慢慢培养起来，心量也就越来越大。何谓谦卑？就是要有敬畏心。敬畏源自敬重。敬重源自真诚。与人为善，平易近人，欢欢喜喜，快乐无忧，"不彰人短，不炫己长"，保持谦虚风范，便会少有傲慢心，体悟世情，广纳人言，剖析自我，省悟人生，德就会增厚，既开启智慧，拥有朋友，也少自取其辱。

张爱玲曾在《流言》一书中说："极端病态与极端觉悟的人究竟不多。"因为我们都是社会人，生活在当下，要生活，就离不开俗，

难得人人都能大彻大悟。这是客观使然，如果人心同一，天下哪有悲喜？可修德总是一种方向。修德要从谦卑始，谦卑是必经之路。

秦代李斯在《谏逐客书》中说："泰山不让土壤，故能成其大；河海不择细流，故能就其深。"大山是由石头、沙砾与土壤堆积而成，海洋是由一滴一滴的水汇聚而成。我们的心胸或器皿，只有虚空，才有空间装东西。虚空是相对的，没有东西是虚空；装下很多东西后还有偌大的空间的，也是虚空。前一个虚空可悲，后一个虚空可敬！

苏东坡在《河豚鱼说》中，讲了一条豚鱼的故事。它在河里游，不经意间触碰到桥的柱子。它很生气，便继续撞桥柱，撞不折桥柱，自己气得鼓起肚子浮在水面上，很久不动。这时飞过来一只老鹰，把它叼走了。这条鱼，其实就是执念太重。

悲喜

钱锺书在《论快乐》一文中说："我们希望它来，希望它留，希望它再来——这三句话概括了整个人类努力的历史。"

"整个人类努力的历史"是不是这样姑且不论，但对于一个人来说，确实如此。人大多喜欢喜悦与快乐，拒绝悲哀和痛苦，即使正在经受悲哀和痛苦，却为希望喜悦与快乐的到来而坚守——尽管不确切知道理想的喜悦与快乐什么时候能够到来。

弘一法师是个通达人。他临去时只留下四个字："悲欣交集。"一个人临终远去，冷静地想到的是这四个字，很有寓意，正与钱锺书所表述的意思相近。悲者，走矣，离开了；喜者，走矣，又走向新生。悲喜是人存在的状态，也是希冀的摇篮。

电视连续剧《三国演义》有一首插曲《淯水吟》，它紧扣"薄命"二字，既叹美人，又哭典韦："我本飘零人，薄命历苦辛。离乱得遇君，感君萍水恩。君爱一时欢，烽烟作良辰。含泪为君寿，酒痕掩征尘。灯昏昏，帐深深，浅浅斟，低低吟。一霎欢欣，一霎温馨，谁解琴中意，谁怜歌中人。"听后让人不禁神伤。

杜甫经历安史之乱，颠沛流离，苦不堪言，然而"剑外忽传收蓟北"，竟然高兴得"漫卷诗书喜欲狂"。刘禹锡被贬至安徽和州当一名小小的通判，县官狗眼看人低，安置他住三间潮湿小草房，后来又削减到一间，可就在这仅有的一间小屋里，刘禹锡竟写出了千古流传的《陋室铭》。苏东坡一生命途多舛，有大得意也有大失意，一门同时三进士，非天下少有之大喜乎？乌台诗案，差点儿弄丢了性命，非人生少有之大悲乎？可他"莫听穿林打叶声，何妨吟啸且徐行，竹杖芒鞋轻胜马，谁怕？一蓑烟雨任平生"。李煜词中有句"一江春水向东流"，表面上看写的是美景与欢快，实际却暗藏无尽的悲凉与辛酸。

将悲喜上升到高层次，古来圣贤多矣。清代四大名臣之首的曾国藩曾曰："失意事来，治之以忍，方不为失意所苦；快心事来，处之以淡，方不为快心所惑。"这是对悲喜的理性认识。巴尔扎克曾说："苦难对于天才是一块垫脚石。"张爱玲在《天才梦》中说："生命是一袭华美的袍，上面爬满了虱子。"她又在《留情》中说："生在这世上，没有一样感情不是千疮百孔的。"曹雪芹有曹雪芹的悲喜，拾破烂的也有拾破烂的欢愉。不论你在什么层次，

悲喜表达的都是对生活的态度。生活的真谛就是要懂得享受生活，享受生活情趣带来的心灵愉悦，即使处于痛苦中，也要学会哲理般地获得喜悦，从而使自己的心情达到舒畅平静，于是，快乐与喜悦不久后就会到来。

棒杀与捧杀

棒与捧两字,唯偏旁不同。把木头棍子奉上去,是为棒打,棒打致损,是为棒杀。用手奉之,是为捧。捧有多层含义,一为别有用心之捧,意在使对方在阿谀奉承中盲目自大而走向败亡;二为宠爱、溺爱之捧,无意间使对象养成大缺点、坏习惯,于是性格变坏,最终走向失败。捧也包含真心佩服之意,真心为他人喝彩,将他人捧为自己学习的楷模。棒杀只有恶意。

拿起棒子打人,会有不同情况。棒打时对方予以还击,结果要么还击者失败,要么棒打者失败。譬如,李自成于明朝,棒打明朝而明亡;李自成于清朝,被清朝棒打而失败。我们常说的棒杀情景,往往是举棒打人者有巨大优势,或者占据道德制高点,受打者不敢还击甚至不思还击,于是只能在棒打中屈服或消亡。譬如,屈原在棒打之下抱石投江,贾谊在棒打之下逆来顺受。两位满腹经纶之人,却在一次次的棒打之下无奈陨落。

捧杀,又分为有意与无意两种。有意一类,阴谋或者策略之类也,譬如勾践之于夫差。无意一类又分两种,一种是主观上虽然无意,客观上却很糟糕。口蜜腹剑者李林甫与专权误国者杨国忠,上捧下打,并不是想把盛唐弄坏。把盛唐弄坏了对他们有什么好处?可是,他们还是把盛唐断送了。当然,断送盛唐之过可以归咎于他们,但又不完全归咎于他们，玄宗自有玄宗的承担。在他们之前，魏徵就不捧太宗，是就是是，非就是非，不文过饰非，这才是真"捧"，于是大家一起捧出个"贞观之治"来。另一种则是主观上完全无意，却因为捧而出了大问题。这种情景多出在亲情之间。长辈对子孙辈溺爱，对其迁就放纵、教育无方、捧迎无度，结果害了亲人。神童方仲永的父亲便是一例。

"棒"与"捧"两个形似字不是反义词，意义却时而相反，时而相近，岂不有趣？

插柳与折柳

插柳和折柳是民俗之一种，流传久远。插柳是为了纪念"教民稼穑"的神农氏。折柳约定俗成为送别之代称。二者成为民俗，从中可见文化形成之一斑。

任何一种民俗，都有其文化渊源。

折柳送别与插柳怀念因柳之特性而延伸。柳是一种极易成活的树种，无论是在水畔、街头巷尾，还是在烟雨江南、大漠西域，柳树的身影随处可见。当年文成公主去西藏带的诸多礼物中，便有柳树。它在青藏高原长得郁郁葱葱，代代相传，成为当地主要树种之一，名曰"公主柳"。左宗棠当年带领湖湘子弟收复新疆，一路行军一路栽树，栽的便是柳树，后人尊称其为"左公柳"。"插柳成荫"，一个插字，寓意植柳之简易和柳树活力之强盛。插字后面带名词的，《新华字典》举了几个例子：插秧、插花、插嘴，这些事情做起来都极其简单。别的树需要移栽，而柳树只须一插便成，它能落地生根。它的特强的再生能力被发现，于是用于表达送别时，希望很快能够"再见"。用它来表达怀念，怀念会永远赓续。

插柳是为了纪念神农氏，距今已有5000多年。有人说是为了怀念介之推，距今也有3000多年。总之很久远。久远的事情能传下来，一定有其能传下来的道理。王维在《九月九日忆山东兄弟》诗中言：

"遥知兄弟登高处，遍插茱萸少一人"；重阳节插茱萸是不是也由插柳延伸而来？陶渊明写《五柳先生传》，他的门前有五棵柳树，这是不是在借柳抒情？也未可知。古人适应自然和抵抗灾害的能力低下，寿命一般不长，所以看重繁殖能力，对繁殖能力强之物特别倚重，也是一种常理。

离人惜别，向来有折柳相送之礼，《诗经·小雅·采薇》中便说："昔我往矣，杨柳依依。今我来思，雨雪霏霏。"折一枝柳条赠给远行者，可表达惜别怀远之情。北朝乐府《折杨柳歌辞》五首中有许多例证。"柳"者谐音"留"，又有留恋之意。可总有人要远行，又奈其何？隋代《送别诗》云："杨柳青青著地垂，杨花漫漫搅天飞。柳条折尽花飞尽，借问行人归不归"；唐时也有一首无名氏的《折柳》云，"跋山涉水轻别离，天涯芳草亦萋迷。只因登程常折柳，桥畔岸边皆秃枝"，诗中夸张地说，因送别而"岸边皆秃枝"，可见当时送行时折柳风尚之浓厚；王之涣《送别》云，"杨柳东风树，青青夹御河。近来攀折苦，应为别离多"；韩翃《章台柳》云，"章台柳，章台柳，往日依依今在否？纵使长条似旧垂，也应攀折他人手"；李白《春夜洛城闻笛》云，"此夜曲中闻折柳，何人不起故园情"；白居易《青门柳》云，"为近都门多送别，长条折尽减春风"。古人交通不便，信息难通，家书抵万金，一别或为永别，因此特别惜别离。临别赠柳，一为不忍相分，二为永不忘怀，三为送美好祝福。祝愿什么？柳树适应性强，随地可活，愿君走遍天涯海角，平安遂意，吾心归处是吾乡！现今交通便利，通信发达，随时随地可视频，出行成为常态，于是折柳不在，书信不在，时代在变化，柳树也不再受攀折之苦了！

除插柳、折柳外，民俗中还有戴柳的风尚。清明节踏青迎春，男女将柳条编成帽圈，戴在头上，车马轿上也插上柳条，象征吉利。"清明不戴柳，红颜成皓首"，不戴柳会变老变丑，你信不信？

成败

　　司马迁在《史记·淮阴侯列传》中说："夫功者，难成而易败；时者，难值而易失。"刘安在《淮南子·人间训》中说："事者，难成而易败也；名者，难立而易废也。"常言道，下坡容易上坡难。李自成九死一生，历尽千辛万苦打进北京城，坐上金銮殿，却数十日就溃败如山崩。汪精卫不能不算"精英"，修得半世功业，却唱了一出曲线救国，于是遗臭万年。

　　世上之人，只要正常，谁不想获得功名、出人头地？可大多数人还是普通人，世上总得有很多人才能称其为大多数。我们确实看到，身边有人突然就青云直上。也确实看到，许多平步青云的人，又忽然跌得粉身碎骨。

　　成功大约需要四个要素：志向、方法、坚持、机会。前三个要素为内因，后一个要素为外因。志向是方向，方法是战略，坚持是意志，机会是天缘。

　　水不平则流，物不平则鸣，人不平则奋。楚国不平，周初诸侯大多得不到认可，于是筚路蓝缕，遂成南方大国。秦灭楚，楚人不平，楚南公言："楚虽三户，亡秦必楚。"果然秦灭于项羽、刘邦之手。不平使人奋发，司马迁不平，以笔而鸣；伍子胥不平，鞭尸平王。

　　天下没有永远的强者，人间没有唯一的高手。左宗棠爱下棋，属僚莫能赢之。一次他微服出巡，见一茅舍匾额上写着"天下第一棋手"，于是入内连弈三盘，盘盘皆赢，笑道，你应该将匾额卸下来才是。不久他得胜班师回朝，又路过此地，见匾额犹在，入内又下三盘，却盘盘皆输，左宗棠诧异，问其缘故，主人回道："上次您率兵出征，重任在身，我不能挫伤您的锐气，如今您得胜而归，我自当全力以赴，当仁不让，这才是对您最大的尊重。"左宗棠拜服。再后来，他又路过此地，见匾额不在了，问之，人告之不久前一乞丐来此，与室主过了三招，室主皆败，于是摘下匾额，不知去向。

世间真正的高手能胜，但不一定满胜，宽容谦让，发自己的光，也不去吹别人的灯。所以，即便奏《高山流水》，世上也有知音。生活何尝不是如此？人前显贵，背地受罪，既当老板，又睡地板。疯狂干活，含笑回家。生活是一坛醋。

人各有志，在有志者中，许多人不能获得理想中的功名，缘于行百里者半九十。理想是美丽的，现实是骨感的，不服也得服，便难倒成人中的大多数。毅力不足是主要原因。方向正确，志向光明，

后面便要靠耐力与韧性。前进路上总会有挫折，遇到挫折不灰心，才能行稳致远。幽默的爱迪生召开有趣的失败招待会，他成功了；黄兴屡败屡战，坚忍是其成功要诀；愚公移山，路途再长，也要走到该去的地方。浅尝辄止，心气浮躁，盲目跟风，没有主见，加之不懂时变，这是半途而废者的通病。人啊，总是"心比天高，命比纸薄！"

人要活到百岁以上，怎么说养生都是硬道理。人生功劳盖世，横竖说都是经验。所以，刘邦说自己"夫运筹策帷帐之中，决胜于千里之外，吾不如子房。镇国家，抚百姓，给馈饷，不绝粮道，吾不如萧何；连百万之军，战必胜，攻必取，吾不如韩信"。若要项羽说自己呢？

虽说胜败乃兵家常事，可胜就是胜，败就是败。再说博弈，输赢也是常事，有输有赢，风水轮流转。与人对弈，有时局势特好，忽失一招，于是全盘皆输。有时局势处于下风，忽然峰回路转，对手一个失误，结果又成为赢家。只是人生有限，所有的一切不过是一场体验，教训与经验都有。美国著名牧师内德·兰赛姆曾在临终时留下这样一句遗言："假若时光可以倒流，世界上将有一半的人可以成为伟人。"

出世入世

其实，正确顺序应该是入世出世。没有入世，哪来出世？没有进，哪来退？只为口语说得顺溜，故曰出世入世，颠倒了语序。

从广义上讲，人来到世上，就算入世。而狭义上的入世，意在走进滚滚红尘，进入社会讨取功成名就，谋得作为。曹刿原隐于野，长勺之战怕自己国家吃亏，人民遭殃，又担心"肉食者鄙，未能远谋"，于是出而胜敌，是为入世。天下士子志于建功立业，无论科举，譬如苏东坡兄弟；或者干谒，譬如郦食其长揖隆准公。广而推之，便为积极进取，便为入世。出世，是退，退出朝堂，退出江湖，退出名利场，遁迹天涯，独善其身。但退有个前提，就是要有进。有进才有退。在舞台上走动一番，然后收场下妆，如李白"功成拂衣去，归入武陵源"（《登金陵冶城西北谢安墩》）。

入，于人们总有一个入法，那就是进取。退，却有不同的退法，结果也大不一样。退，有主动退与被动退之别。到了年龄，你不能在台上继续发挥作用，免官退休，是为退；球场上因为年龄或身体原因不能再上场夺冠，是为退；封杀了你的言论，你不能自由表达，也是退。这都是被动退。被形势所迫，不得不退，由不得自己。贾谊想去长沙吗？韩愈因谏迎佛骨而被贬潮州，是其所愿否？而范蠡急流勇退；陶渊明随性而适；再如自我封笔，不再著说；这是主动退场。主动退场需要勇气和智慧，优柔寡断之人做不到。假若伍子胥和文种能够如李白所说那样功成身退，哪有他们的遗憾故事呢！东方朔那样的人不多。他大隐于朝有几分道理，可许多人没有他那样的智慧。他是个"颠"派人物，说话有几分真、几分调侃，只有他自己知道。

进是人所必有，退是人所必归。

问题在于，人常常会处于进退两难之间，进也不是，退也不是。范仲淹在《岳阳楼记》中说："居庙堂之高则忧其民，处江湖之远则忧其君，是进亦忧退亦忧。"这种忧是一种责任。虽是责任，但照样是进退难择之境。范仲淹于邓州写了《岳阳楼记》，正处贬谪期，相信那时的他，会时常生出浓浓的退意来。只是思想斗争激烈，退又不忍心。还有一些人，于不慎之际犯上糊涂，一时"骑上虎背"，譬如皮日休从黄巢遇祸，还有赵孟頫，上了元朝的船，弄得没法"软着陆"，只得硬着头皮往前走，结果赵孟頫侥幸走出了沼泽地，而皮日休却不得不从人间蒸发掉。

唐太宗时期有一位叫卢承庆的官员，起初被任命为秦州参军，因为奏报军情，说得井井有条，太守暗自称奇，升其为考功员外郎，又因工作出色，任户部侍郎兼检校兵部侍郎，让其掌管官吏选拔，他不受命，认为选官是尚书的事情，自己不能越俎代庖，后升为尚书左丞，工作谨慎。高宗即位，他遭人诬陷，被贬为益州大都督府长史，后又被贬为简州司马，转任洪州长史，没表现出任何愤懑。他认为做官应该为国为民，不管在什么位置上，都不应受到影响。他后来回京，位重可比宰相，然又遭弹劾，再次被贬，如是反复，终没有怨言。天下果有此等贤者，便无法用进退或出世入世之说来评判了哟！

动静

现在，人们对于运动养生有两种截然不同的见解。

一种源于生命在于运动的理论，主张动是健身之本。于是规定自己一天跑多少路，走多少步，做多少俯卧撑，打多长时间的球，游多长时间的泳，强迫自己运动到自身的极限。持这种观点之人，能举出许多运动可以延年益寿的鲜活例子，譬如"饭后百步走，活到九十九"等。

一种源于龟静而长寿的理论，主张静养。静可以使人元气不损，聚精蓄力。这方面也有一些亮眼的"金句"，譬如"抽烟又喝酒，照样活到九十九"。不锻炼而长寿的例子，同样在世上能找到许多。

再如，烟酒对人健康的影响，是一种科学认知。可有人能举出许多不同的例子。譬如我们的伟人们：毛泽东抽烟不喝酒，周恩来喝酒不抽烟，邓小平既抽烟又喝酒，他们都是风云人物，都日理万机，活得年龄都不小。

世界上关于长寿的调查，不知道进行了多少次，据说就是不能得出一致的结论。因为长寿的人中，各种类型都有，不同类型的长寿者之间甚至相互抵触。吃肉与吃素的，性格沉静与性格急躁的，爱运动与不爱运动的，男的女的，一生辛苦劳作与一生养尊处优的，都有长寿者。而且，不同类型的长寿者都能说出自己的"金句"与理由。所以，我们无法下结论。

以动、静为例，动以养生与静以养生，诚然都有其道理，举出的例子也有说服力。然而细想又似乎无道理。无道理，在于只以动、静论，会陷入偏颇。要说找例子，大千世界，精彩纷呈，例子比比皆是。偏颇在何处？该动则动，该静则静。动要适当，静要合度。动静结合，方是正源。况且，人不同，在人的不同阶段，在不同阶段下的不同状态等，这些都有区别，不能一概而论。一概而论是教条主义。跑步虽好，可若超出极限，不结合自己年龄及身体实际状况地跑，就会适得其反。运动员的运动量够大吧，可运动员的平均寿命却不高。凡偏颇，多有误；凡极端，多危险。

曹操的《龟虽寿》有句"盈缩之期，不但在天；养怡之福，可得永年"，也算道出了一个人的寿命与先天基因和后天养成之间的关系。

繁简

〰〰〰〰

大道崇简。繁易简难。既要从简，必先有繁。

《吕氏春秋·贵公》中关于精减文字有一则故事：前提是"荆人有遗弓者，而不肯索"。有人问之乃曰："荆人遗之，荆人得之，又何索焉？"孔子认为，可以减掉一个"荆"字。老子认为，不但可以去掉"荆"字，还可以去掉"人"字，那么就变为："遗之，得之，又何索焉？"意思既明白又简约。

书读多了会成灾，所以赵普"半部《论语》治天下"。为什么会成灾？一是会记错，二是有矛盾。记错的例子，我自己就有许多，举其一：续写李白《送储邕之武昌》之上句"黄鹤西楼月，长江万里情。春风三十度"，下句应是"空忆武昌城"，我却把它写成了"空忆谢将军"。顺势而下："余亦能高咏，斯人不可闻。明朝挂帆席，枫叶落纷纷。"这是《夜泊牛渚怀古》里的诗句，我移花接木，岂不令人哑然失笑？那么矛盾呢？不同的书，甚至同一本书，观点和说法之间有矛盾。公说公有理，婆说婆有理，仿佛都有理。譬如《增广贤文》，既说对人要坦诚，又说"未可全抛一片心"。对不对，从不同角度、不同语境看，都有道理。世人推杜甫为诗圣，有人却专门写书贬杜甫，既贬他的诗，也贬他的人。读者若全由书牵着鼻子走，认知便会受损。

繁体字与简体字书写起来，还是简体字书写速度快。可简体字却是从繁体字过渡来的。宋人陈骙说："事以简为上，言以简为当。"阿拉伯数字书写够简单了吧，可人们有时候又要使用"壹贰叁肆"这些大写数字，是因为怕太简单易于修改。简单与复杂，各有所用。书籍，没有时嫌少，多了又成灾，储存、分类、查找都麻烦，甚至成为一种负担。记录多，不好查。读书多，会混淆。为什么有些没读多少书的人，说话一套一套的？因为他只记住有用的东西。可读得少记得少，没有储存，怎么会有释放呢？

在书案上书写大件书法作品，如果没人牵纸，常常需要移动纸张，于是有人便发明了牵纸机，可用着用着觉得不好使，还不如用手移动简单。人工研墨有点累胳膊，有人便发明了磨墨机，可太机械，常出问题，研出的墨也不均匀。高档打火机风靡一时，人们互相比谁的更阔气、漂亮，现在呢？大家大多用一元一只的，便宜简单，用罢丢掉即可。电动剃须刀花样翻新，结果还是一次性的更方便。还有写字笔，谁还买支漂亮钢笔送给朋友当信物呢？水性笔到处都是。时代变迁，日新月异。现金、存款单、银行卡，曾几何时，人人都离不开；而现在，一部手机可以走遍天下。司马迁早就说过："浴不必江海，要之去垢；马不必骐骥，要之善走。"庄子也曾说："筌者所以在鱼，得鱼而忘筌；言者所以在意，得意而忘言。"

山东琅琊王氏仅给后代留下六个字的家训："言宜慢，心宜善。""言宜慢"，就是要深思熟虑，少犯错误；"心宜善"就是为人处世要存善心。这么简单的家训，竟然使琅琊王氏家族跨过许多劫难，经受各种考验。从东汉至明清1700多年间，光《二十四史》中有明确记载的，这个家族就培养出了35位宰相、36位驸马和36位皇后，被誉为"中古第一望族"。

大盘鸡是新疆的代表之一，将鸡肉与面片混合在一起，既是饭又是菜，一盘解决吃饭问题，因为简单，所以迅速扩散，天南海北都可以看到新疆大盘鸡的饮食店。陕西与新疆相比，离中东部既近

又便利，可陕西面却推广不开，原因大概是做法太复杂，一道面配套好几种食材，最终只能是阳春白雪，知者少，食者寡，不能广泛传播。

李鸿章有一副对联这样写道，上联：享清福不在为官，只要囊有钱，仓有粟，腹有诗书，便是山中宰相；下联：祈寿年无须服药，但愿身无病，心无忧，门无债主，可为地上神仙。

可是，是不是只要简单就好呢？我们是不是还要回到穿草裙、住洞穴的时代？孔子与弟子冉雍评论桑伯子，说得有理。孔子说："桑伯子凡事求简略。"冉雍则说："居敬而行简，以临其民，不亦可乎？居简而行简，无乃大简乎？"这句话的意思是，桑伯子居心恭敬而办事简约，很好，如果只图简便而办事简约，就不好。孔子大为嘉许。"居敬"的意思是态度敬慎，思虑缜密，不随意，不率性；"行简"的意思是做事力图简明，分得清轻重缓急。"居敬而行简"，其实是社会进步的写照。一方面，我们只用一部手机刷屏消费，叫车点外卖；另一方面，后台的支撑技术却越来越高端复杂了。

方略与细节

什么是方略与细节？从小处说，方略是策略，细节是步骤。弄清先后顺序，区分轻重缓急，制定策略，步步为营，就会走得踏实。往大处说，方略是治国之本，细节是治国之术。本是根，术是技，标本兼治，其国必盛。做人与治国，细微不同，道理相通。

嘉靖二十九年（1550年），鞑靼包围北京城，向朝廷送逼降书。内阁首辅严嵩主张投降。张居正提出坚壁清野，抵抗待援。徐阶知投降不可却抵挡不住。于是，他想出个可笑之策。他发现逼降书用汉字书写不符合外交礼仪，要求鞑靼退到长城之外，用蒙文再写一份过来，然后投降。没想到这等儿戏般的缓兵之计竟然奏效，鞑靼正研究用蒙文写逼降书之际，各地勤王军队星夜而至，云集北京城下，鞑靼无奈只得退兵。徐阶善于利用细节使用"拖刀记"，用看似可笑的计策，成就了一场战场大逆转。

诸葛亮的《隆中对》是大方略。而他舌战群儒、草船借箭、设坛祭风，都认真研判了细节，经过深入的观察分析，才敢于确认预期的效果，平安地"铤而走险"。没有对东吴君臣的心理分析，没有对江雾发生及天文风向的把握，安能既成功抗曹，又令自身化险为夷？

方略与细节二者，当然以方略为主。《淮南子·说林训》中说：

"逐鹿者不顾兔。"当下人讲，"只管前进，莫顾路边花草""不可捡了芝麻，丢了西瓜"，这两句话固然有道理，然而方略正确，细节又周到，方为周全。荆轲刺秦王，右手拿匕首，左手抓住秦王的衣袖，没想到衣袖被扯断，功亏一篑。在细节上，他若设想过衣袖可能会被挣脱的话，结果可能会不同。

有两个通过细节辨伪的历史故事很有趣：一是庄子辨儒。庄子在鲁国，鲁哀公说，本国着儒服者多，说明儒士多；庄子曰，鲁国没那么多儒士，不信您下令，凡不是儒士却着儒服者，发现后便杀。鲁哀公照做，结果整个鲁国只剩下一人敢于穿儒服。于是，鲁哀公找到了一位真正有学问的人。二是唐太宗辨敌。唐初社会尚未稳定，匈奴将领阿史那思摩和很多匈奴兵混进灾民中进入长安城，想乘机发难。李世民知情后，让侯君集在城外开了很长的粥铺，城里饥民皆出城进食，混在灾民内的匈奴人自然也就暴露出来了，于是一抓一个准。

据史料记载，汉文帝时，匈奴大规模侵入边境。朝廷委派刘礼为将军，驻军灞上；委派徐厉为将军，驻军棘门；委派周亚夫为将军，驻军细柳营，以防匈奴侵扰。皇上亲自巡查，到了灞上和棘门军营，直接驱车而入，将士都下马迎送。到了细柳营，官兵披戴盔甲，手持兵器，开弓搭箭，戒备森严。皇上驾到也不准进入。皇上派使者拿符节前往，周亚夫才传令开门。周亚夫手持兵器，双手抱拳只行军礼，汉文帝不但不责怪他，还感叹说："这才是真正的将军。灞上、棘门军营如儿戏一般，如果都能像细柳营这样，匈奴还能侵犯我们吗？"

一位留学生学业好，却慢吞吞总爱迟到。他假期到一家华人中餐厅打工，第一天上班迟到五分钟，第二天又迟到五分钟，于是被解雇。他没有想到只是两次五分钟的迟到，竟受到如此严厉的惩罚。华人老板醍醐灌顶地忠告他："小伙子，如果我不解雇你，你就不知道外面的世界有多残酷！"

细节是小目标。实现大方略，需要许多小目标的顺利实现。要是诸葛亮七星坛祭风后接济的人不如期而至，周瑜果真杀了他，哪还有后面叱咤风云的故事？一个人如果贪玩一辈子，天上突然掉馅饼他能够获得吗？

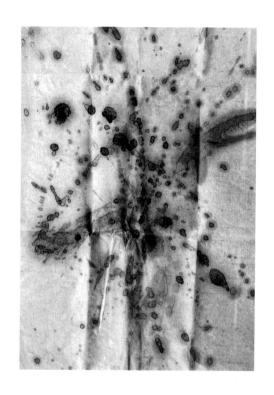

非常与平常

"人咬狗，是新闻。"这句话在新闻界特知名。人被狗咬了，是经常发生的事，而狗被人咬了，很少听说过。很少听说、很少发生的事情，就是非常事。

曾经看过一则报道让我感到有趣。有趣，是因为这些事都是非常事。

第一件是汽车撞了火车。从图片上看，汽车将火车撞出了轨，自己还稳稳地停在那里。这有点像人咬狗。火车撞汽车不稀奇，汽车撞火车却不常见。不过那辆汽车是个大家伙，车厢有一节火车皮大小。

第二件是花5美元买了一幅天价画。美国加州圣伯纳丁诺一名退休女司机是个不懂得赏画的人，20世纪90年代，她在街上无意中买了一幅抽象画，只花了5美元，用来包菜。后来经鉴定，那竟是著名画家杰克逊·帕洛克的真迹，价值几千万美元。

第三件是杀猪动用直升机。据新华社报道，德国西部盖尔登镇有一头小猪，不知是不是得了狂犬病，它钻进牛棚里，一头牛被它咬得无处躲藏，最后断了气，另一头牛也被咬得遍体鳞伤。当地人拿它没办法，最后警方大动干戈，出动直升机进行追杀，在一块田里最后找到了它。警察将它包围起来，几名枪手共同开枪才将它打死。为此，警方发言人还专门在新闻发言时说了这件事。

说到猪，我又想到一个关于"猪坚强"的故事。猪坚强是四川彭州市龙门山镇团山村村民万某家的一头大肥猪，汶川大地震时被埋于废墟下 36 天，2008 年 6 月 17 日被官兵营救时，它还坚强地活着。人们呼吁不要把这头猪变成餐桌上的美味，并为其取名"猪坚强"，于是，它被送进建川博物馆。博物馆馆长用 3008 元买下这头猪，并一直养着。直到 2021 年 6 月 16 日晚，猪坚强年老去世。地震发生后，它又整整活了 13 年。猪坚强不寻常哟！

赘述这些就是想表明，在自然界和人世间，稀奇的事情在什么时间都有可能发生。

日常生活是平常的。吃喝拉撒，油盐酱醋，起行坐睡，往来应酬，哪个人能摆脱这些俗务？可是不平常的人，可以跳出这些窠臼，将平常事嫁接到这些不平常事上来，让这些平常事升华，譬如王羲之袒腹、鸿门设宴、孔融让梨、卧龙春睡等。它们虽为常事，却可以成为历史佳话。

人不可能每一天都创造奇迹。没有平常的生活，我们就不是我们自己。所以，人得有平常心、平常情，能适应常态。正因为能适应常态，才有可能创造不平常。不平常孕育于平常之中。平常是常态，不平常是例外。例外虽为"小众"和"偶然"，却能带来不一样的效果和影响。不平常事无须多，人之一生，三五件足矣。

什么是不平常？平平常常地睡觉，王羲之没有因为袒腹而不恭，失去做乘龙快婿的机会；不过一场酒宴，刘邦没有在鸿门宴上被范增和项庄"黑"了，后来做了汉朝开国皇帝；平常的一种礼貌，孔融没有因为吃个小梨而吃多大的亏，结果贤童之名得以万古传颂；虽知门外有客，诸葛亮依然"春睡"，却没有因此而受到刘备的轻视。

我们总是存在于平常生活之中。对付平常是基本的人生。偶尔来点不平常，便是平常人生之外的收获。譬如，张若虚偶然留下一首《春江花月夜》，牛顿因为看到苹果落地这个再平常不过的现象，而发现了万有引力定律，等等。苹果落地，千百万年来，有多少人没有见过？

分合

分是什么？分是局部。合是什么？合是全局。

分，在于分出效率；合，在于合出成果。

沙子没有大作用，水泥没有大作用，但它们混在一起变成混凝土，就有了大作用。大米是必需品，汽油是必需品，将它们混在一起却是废物。是必需品还是废物，关键要看如何组合。

天下合久必分，分久必合，这是经验还是规律？

管理机构，今日觉得还是细化为好，能够更加专业。时间久了，积弊日见，觉得还是综合为好，便于统筹。于是又将其合并。分分合合便成为常态。

分开来看，项羽每战必赢。总的来看，刘邦占据优势。于是霸王只败垓下一战，弄得全盘皆输。

汉朝四百多年，太平日久，人们便兴起时代的风浪，出现了群雄竞起的三国局面。乱世日久，人心思治，于是又进入了统一的晋朝。

天气预报说，2024 年 6 月估计是全球一百几十年来同比最热的月份。可对于我而言，我感觉这个 6 月比往年同期更凉快一些，几乎没用上空调。个人各自的感觉与总的状况可能有差异。

我们有时候聚在一起，读书，当兵；然后我们又分开，毕业，复员。

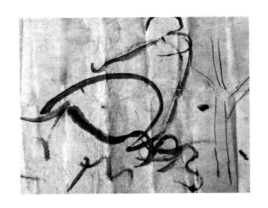

分久了，大家便想召集老同学、老战友、老乡们聚会；酒宴欢歌后，大家又得分散而去。

一粒粒米，合起来蒸成一锅饭。一锅饭要一碗碗地盛，一口一口地吃。

一大家子其乐融融，可为什么要分家？分了的家，后来又会成为一大家子。

分分合合的演绎，便是人间的主旋律。

刚柔

中国文化中"弱者生存"的智慧，久被推崇且屡试不爽。大汉王朝建国初期几十年，屈辱地实施和亲国策，低三下四地向匈奴人贡珍献美，不是不想打击侵略者，而是没有战胜对方的能力和把握，经过数十年的养精蓄锐，到汉武帝时期大举反攻，直到把侵略者基本上彻底消灭。勾践不惜为吴王执镫尝便，装孙子装了许多年，方能一鸣惊人，灭吴雪耻。司马懿深谙隐忍之术，多难而不死，方才培植了后代以晋代魏的根基。韩信受胯下之辱，不兴匹夫之勇，才有了"兵仙"韩信，假若当时斗狠，要么杀人，要么被杀，或者吃官司坐大牢，秋后问斩，哪有后来的筑坛拜将？世间不只是剑拔弩张者胜，钢刀易折，柔丝难斫。当年老子见商容，商容张口示意自己已是古稀老儿，满口利牙皆无而舌头犹在，老子深受启发，著《道德经》五千言，反复说明无为乃大的道理，"夫唯不争，故天下莫能与之争"。晋文公与楚军作战，战前退避三舍，既兑现了当初对楚王报恩的诺言，又以礼示弱，终于胜楚。

我们都知道，弱肉强食是丛林法则。老虎要吃兔子，狮子会吃角马，可老虎和狮子后来成了濒危动物，兔子和角马却依然生生不息。弱肉强食是从结果得出的法则，物竞天择才是一般规律。什么是强者，怎样才能成为强者？由弱到强是一个过程。弱肉强食是小

道理，适者生存是大道理。虎崽、狮崽为何成活率不高？因为虎崽、狮崽无捕获之力时，常会被其他食肉动物掳了去。"勇于敢者则杀，勇于不敢者则活。"大风拔起的总是大树，小草在大风后仍然鲜活。当然，小草总是被踩在脚下，那是另一个层面的说法。天下没有永久的强盛，"善建者不拔，善抱者不脱"，故世人常说，富不过三代，官难任三朝。

老子在表白自己的哲学观点时，喜欢用"若"字来设喻，如上善若水、大智若愚、大勇若怯等，表达的多类似刚与柔的辩证关系。水是天下至柔的存在，随器而形，随势而动，可水滴石穿、水流山破，万物失水而枯竭。反过来，积水成渊，奔腾肆虐，又可以改天换地。故掬捧之水可爱，而滔天之水可畏。万物存在是一个大系统，是一个链条网，存在都是链条上的一环。甲克乙，乙克丙，丙克丁。火烈水溺，水来土掩。小孩子常玩石头剪刀布的游戏：剪刀剪布，布包石头，石头又可以砸剪刀。

规则与自由

规则约束人，自由解放人，这是一组矛盾。

可在人间哪有纯粹的不受约束的自由呢？你想在大街上横冲直撞，那人家的自由呢？人家岂不是想揍你就揍你？你想在国家机密要地自由行走？你一时兴起在课堂上大喊大叫？你想在商店里伸手想拿什么就拿什么？你开车不管绿灯红灯只管走？在人世间，自从盘古开天辟地以来，从来没有绝对的自由。

即使你一个人生活在孤岛上，如果不讲规则，你也会到处碰壁。海潮来了如果你不走，就会淹死你；丰收时节如果你不收藏，就会饿死你；冰天雪地如果你不着衣，就会冻死你；其实这也是规则，是自然规律对我们的约束。我们想要太阳早点升起来，晚点落下去，那能成吗？

规则重要不重要？没有规矩，不成方圆。方圆不成，哪有天地？我们要游戏，玩象棋你的马直走，玩军棋你的排长吃司令，这游戏还能玩吗？游戏的基本精神是公平，机会均等。要公平，要均等，便要有约束。假如体育竞技没有相关规则，恐怕连比赛都无法进行。

用人、选人，怎么评判？古来先是禅让，后为推举孝廉，然后是科举制，现在是考试。考试，就是为保证机会均等而制定的一种规则。它是不是绝对均等？那只能是相对而已。很多人想当总统，可是谁想当谁就能当吗？不可能，要经过选举。选举有自己的一套规则制度。

刘邦进关，约法三章。乡规民约，也是为了规范大家的行为，不是鼓励人们为所欲为。项羽入关，一把火连烧三个月，后人便说他的坏话。疫情期间，乘公交、地铁、飞机，不戴口罩就是不让你乘坐。你不戴口罩自由了，那人家的安全与自由如何保障呢？所以，在人世间，自由固然存在，规则尤其重要。规则是文明社会的体现。规则之外的区间，才是自由的天地。

凡是有人群的地方，就得有规则，否则就又回到了丛林时代。自由从来都是相对的。我们的期待是，尽量少一些约束，多一些自由。那尺度呢？便是要在规则与自由之间找到最合适的区间。

好事与坏事

　　好事可以变成坏事，坏事也可以变成好事。同一件事，对一些人来说是好事，对另一些人来说是坏事。这道理，谁都明白。

　　可是，人人都想天天有好事，却希望自己的敌人那边，天天出现坏事。这也是常情，只是不够客观而已。

　　雨天久了，便想要晴好天气。天晴得久了，到处冒火，便又想来场好雨。所以杜甫说："好雨知时节，当春乃发生。"苏东坡却埋怨寒食节前后，雨下得没有干柴烧灶。

　　出行坐飞机快，可是得提前去机场办理登机手续。坐火车不需要提前太多时间，可走得慢，而且长途累人。

　　乘飞机或火车，坐在里面的位置，人家出入不会打扰到你，可你出入却不太方便；坐在走道的位置上，自己出入方便，可坐在里面位置的人要出入，却会打扰到你。

　　挤公交车，好容易有了个座位，刚坐舒服了，却睡着了，结果坐过了站。

　　居住在江南很好，"春来江水绿如蓝"，可北方人到了江南却不适应，夏天湿热，冬天湿冷。北方好，却常出现沙尘暴，冬天里山不青来水不绿。

　　新冠疫情期间，工厂停工，商店关门，大街上无人，可对某些

行业、某些人来说，却变成了"危中有机"，忽然间，他们在不知不觉中赚得盆满钵满。

如果学习成绩好，便会获奖；如果骄傲了，就会落伍、掉队。

一件事情办得出彩，办下一件事情时就得学习老经验，不然事情或许就办砸了。

奥运会比赛期间有的运动员因为服用兴奋剂，而拿了金牌，后来被查出来，金牌会被收回不说，结果还坏了名声。

风雨艰辛，但爱情得经风雨；平淡不易，但友情要安于平淡。

当年计划生育，是为了抑制人口过快增长，是件好事，结果一对夫妇只能生一个孩子，弄得后来人口出生率下降，于是又鼓励大家生育。到底是人多了好，还是人少了好呢？俗话说，人多好干活，人少好吃馍。馍没得吃的，那就是人少了好；要干成大事，还是人多了好。众人拾柴火焰高，众口铄金，人多了吐口唾沫都能淹死人。

当天上掉下馅饼的时候，你也要小心，地上或许有个陷阱正在等你。

上帝为你关上一扇门时，就会为你打开一扇窗。

你知道美国亚拉巴马州人感谢象鼻虫的故事吗？1910 年，一场特大的象鼻虫灾害，狂潮般地席卷了亚拉巴马州的棉田，棉花被毁于一旦，棉农们欲哭无泪。灾后，世世代代种棉花的亚拉巴马州人，认识到仅仅种棉花不行了，便开始在棉花田里套种玉米、大豆、烟叶等农作物。结果，多种农作物的经济效益要比单纯种棉花要高好几倍。亚拉巴马州的人民从此走上了富裕之路，人们的生活也越来越好。于是他们认为，经济的繁荣应该归功于那场象鼻虫灾害，便决定在当初象鼻虫灾害始发地——恩特曾颖镇公共广场上，建一座高大的纪念碑。碑身正面有这样一行金色大字：深深感谢象鼻虫在繁荣经济方面所做的贡献。

传说西方有个国家的国王喜欢打猎，一天，他一箭射倒一只花豹，他下马检视花豹，没想到花豹使出最后的力气，扑向国王，咬掉了他的一截小指。国王叫宰相一同饮酒解愁，谁知宰相却微笑着说：“大王啊，一切都是最好的安排！”国王听了很愤怒，派人将宰相押入监狱。一个月后，国王养好伤，独自出游。他来到一处偏远的山林，忽然从山上冲下一队土著人，把他五花大绑，带回部落。部落每逢月圆之日就会下山寻找祭祀满月女神的牺牲品，土著人准备将国王烧死当祭品。正当国王绝望之时，祭司忽然大惊失色，他发现国王的小指头少了小半截，是个不完美的祭品，收到这样的祭品满月女神会发怒，于是土著人将国王放了。国王欣喜若狂，回宫后叫人释放宰相，摆酒宴请，国王向宰相敬酒说：“你说的真是一点也不错，果然，一切都是最好的安排！如果不是被花豹咬了一口，我今天连命都没了。”国王忽然想到什么，就问宰相：“你无缘无故在监狱里蹲了一个多月真是冤枉。”宰相慢条斯理地喝下一口酒说：“如果我不是待在监狱里，陪伴您微服私访的人一定是我，如果土著人发现国王您不适合祭祀，那岂不是就轮到我了？”

国王忍不住哈哈大笑道：“果然一切都是最好的安排！”

环境与人生

　　《周易》是中国最古老的文献之一。《周易》中的象数学，是人与自然协调发展的学说。后来，它又演绎出测八字、面相学、堪舆学等。风水是迷信吗？房屋北靠山，南面水，左青龙，右白虎，这些其实就是好风水的经验总结。靠山临水好，地球人都知道。我们居住在北半球，大门向南开，夏天吹南风时添凉爽，冬天挡北风，增温暖，自然符合冬暖夏凉之需求。而且，门向南开光线好。面相学有没有道理？看面相就能看出门道来？这有点玄。能看出道道来，得靠真学问。中医强调"望闻问切"，首先就是看。看人的脸色，看人的皮肤，看人的牙齿，看人的舌苔，看人的神采。看，确实有内涵。但要是遇见庸医，装模作样不懂装懂，那就会祸病殃人。舆地山川形势，自然对气候、交通、雨水、风向都有相对影响。

　　环境对人与社会的重要性，毋庸置疑。人一般住在陆地上，纬度适中的地段自然更好。北纬 30 度左右，便是好地方。南极与北极，蔚蓝的大海，或者窄狭的空间站，也能够住人，却不能容下许多人居住。住在山区与住在平原，住在水源好的地方与住在水源差的地方，肯定有区别。天要是下雨，连带环境都变得湿润。洪水来了，上下游或许都要受灾。新冠疫情发生之后，天下疯传，人人防范。雾霾之下，谁都不能顺畅地呼吸好空气。汉代文学家桓宽在《盐铁论·轻重》中曰："故茂林之下无丰草，大块之间无美苗。"森林里长不出苗壮的青草，荒地里长不出好的禾苗。青草及禾苗的生长，都需要适宜的环境和条件。

我们还可以体会激情感染：每当《黄河大合唱》交响曲响起，我们就会热血沸腾；军号吹响，温柔顿散；洗浴时，花洒流水急，洗的动作便不由加快；花洒流水缓慢，洗的动作就会慢下来。如果大冬天里，你穿件背心，大暑天里，你穿件棉袄，人家就会以为你有病。中考、高考期间，为什么提醒大家汽车不鸣笛？就是为了有个好环境。

朝里有人好做官，也是环境范畴。朝里有熟人，或者姻亲关系，或者挚友，或者师生，互相关照是人之常情，况且熟人之间会有一些基本的了解。光武帝刘秀坚持邀请老同学严子陵入朝，是因为他了解严子陵；严子陵隐居不出，则是另外一码事。他封习郁为襄阳侯，因为习郁助他有功，和他又是亲戚，他知他忠心。鲍叔牙推荐管仲，卫青推荐霍去病，褚遂良推荐魏徵，贺知章推荐李白，蔡元培推荐陈独秀，徐悲鸿推荐傅抱石，等等，所谓"外举不避仇，内举不避亲"是也。然而事物总有两面，若一个人心术不正，拉帮结派，内推也好，外推也好，都必然是结党营私。朝里环境好，商汤任用奴隶伊尹，周武王任用野叟姜子牙，秦穆公任用俘虏百里奚，等等，这些已经成为历史佳话。刘邦任用萧何，刘备任用关羽、张飞，这是故知之间的信任。吕皇后与马皇后，要不是刘邦与朱元璋当上皇帝，她们不过是农妇罢了。可真当上皇后，她们也确实够格！所以，朝内推荐也不失为一种渠道，但要朝风好，人心正。好环境出好人才。唐玄宗早期任用姚崇、宋璟，出现开元盛世。后来自己渐次昏聩，任用李林甫、杨国忠，结果弄出安史之乱，唐朝从此走向衰落。

还有朝代所处的环境。处于什么时代，便有与之相对应的状况。周朝分封八百诸侯，当时交通不便，只能将土地分封给自认为可信

的人。现代交通便利，天下朝发夕至，车马便利，经济改观。夏天来了，许多人要到清凉的地方去避暑；冬天来了，北方人成群结队到南方去过冬。大家如候鸟一般生存，都是因为环境发生变化了。全世界为什么要签署《巴黎协定》？因为空气质量与环境是不可分割的。

假真

假变真，真变假，这不但在《西游记》的故事里比比皆是，在现实生活中也是常态。譬如传销，譬如上当受骗，譬如海誓山盟。

什么是常态？正常情景也。说来不奇也奇，奇也不奇。

乌克兰的弗拉基米尔·泽连斯基是一位喜剧演员，演总统，演着演着竟成了真总统。当上总统之后，2021 年 3 月 23 日，他又签了一项行政令，将自己"免职"，随后很快被删除。乌克兰总统办公室发声明澄清说是总统误签，总统并未真的将自己"免职"。这真假来得蹊跷不？

诸葛亮有两个精彩故事。

一是祭东风。赤壁之战，曹操百万雄师，魏蜀联合抗曹，万事俱备，只欠东风。冬天咋会起东南风呢？诸葛亮夸下海口，七日内他会祭得东风，还立下"生死状"，果然在预期内东南风生，猎猎之风吹起黄盖之火，烧得魏军找不到北。这风真是诸葛亮祭来的吗，还是天要生风？天要生风，别人咋一点儿都不知道？

二是空城计。一城一人一琴一曲，城下是十几万虎狼大军，竟然吓得悄然退去。这空城是真是假，留下一段司马氏的笑话。

再说回来，真假难分，乃天下常态。三十六计中有许多妙招，都与混淆真假、制造假象有关，譬如瞒天过海、声东击西、无中生有、暗度陈仓、笑里藏刀、借尸还魂、调虎离山、欲擒故纵、浑水摸鱼、金蝉脱壳、远交近攻、偷梁换柱、假道伐虢、反间计等，更不用说这空城计了。

　　人的一生，其实就是在分辨真假的过程中讨得生活。"他说的是真话吗？"是真话。可即使是真话，那也不过是真心话而已，至于对不对，需要客观检验。譬如，人之父母兄弟或好友说的话应当是真话吗？真话客观上就正确吗？神童方仲永按他父亲的意愿，年轻轻凭才气赚钱，后来却弄得个江郎才尽。

　　"贾不假，白玉为堂金作马。"可到头来，一切真是假的。假是什么？也是空无。

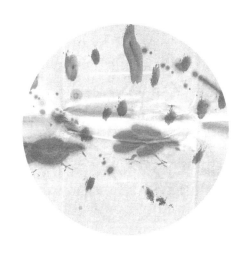

林子与鸟

　　许多个清晨，都是鸟鸣声把我从酣睡中唤醒：那百啭的呢喃，是天然的合奏曲。于是我便于天将明未明之际，走出户外，倾听鸟儿们的尽情欢唱。东湖沿岸茂密的林木，恰似黝黑的逶迤绵延的山峦，写意画般剪贴在朦胧的晨曦里。好大的林子哟，这里是鸟的天堂。

　　云生雨，雷生电，火生光，水生万物。有了林木便有鸟，有了鸟便有歌唱。万物不会孤立存在，彼此具有广泛的联系。这使我想起书法。林子与鸟的关系，其实是书坛与书法家的关系。

　　书坛也是个林子，书法家是鸟。鸟离不开林子，书法家离不开书坛。在这里，林子比喻鸟与书法家们的生存空间。

　　林子里要是没有鸟，多么空寂！没有鸟，林子依然能称为林子，只是可能濒临危险：连鸟都不能生存，林子还能存在多久？存在又有什么意义呢？恰如河里没有鱼，多半是因为严重污染，接下来便是干涸与消失。书坛没有书法家是不行的，也不可想象。

　　林子大了，什么鸟都有。如果什么鸟都有，会显得林子大。鹰击长空，雀翔涧底，各得其所。如果鸟少，说明林子小；反过来，如果林子小，那么鸟就少。山深林密、水丰草茂，才含有鸟语花香。大林子才能呈现百花齐放、百鸟争鸣的景象，才能呈现广博的多样性。书坛里书法家多，各种各样的人物，各种各样的现象，各种各样的风格，各种各样的做派，群聚一堂，其安融融，才叫"海纳百川"。如果只有少数人"自认为"作品正宗，只有自己才算得上是书法家，只有自己才能指点江山，用一种声音去阐释或述说书法，"林子"和"鸟"便临近危险。大爱无疆，一个人如果爱书法，不管是啥层次，不管是艺术家，还是收藏家、鉴赏家或者经营者，从广义上说都应当是朋友，不要对自己看不惯的人嗤之以鼻。仁爱无疆，你看不惯人家，是你自身修养不够，也许人家也看不惯你。猫大发雷霆，生镜子里那个猫的气，岂不可笑哉！一个人的内心便是一个世界，何况艺术世界乎？"一花独放不是春，百花齐放春满园。"

艺术美，虽然存在于人们的共性之中，存在于能够使人产生美感的一致性上，具有抽象性，但终于没有具体的量化标准。环肥燕瘦，智见仁见；同样一件书法作品，欣赏者不同，便有不同的评判结论。这应当是允许的，因为没有差异，便没有多样化；没有多样化，便没有丰富性。艺术品没有最好，只有更好！艺术家如果肯努力，加上一定的天分，丑小鸭就会变成白天鹅！谁生下来就是呱呱叫的书法家？王羲之要是生下来就写得出《兰亭序》，人们想必会"不重育儿重生儿"，怀孕时用 B 超照一照，生一个书法家不就得了？

鸟没有林子不行。"皮之不存，毛将焉附？"万事万物都真实地生存在具体的环境里，一个书法家的艺术成就无论有多大，总要在书坛里得到检验和承认。鸟飞得再高，还是要栖息于林木之间。"鲤跃龙门"，落下来最好还是在水中。就像球员和球场，如果没有球场，还打什么球？

所以，社会和书法家都得有"林子观念"，而且最好是"大林子观念"。社会的责任是营造环境，保护生态，让林子可持续地发展壮大，为鸟儿们提供优美的栖息地，为书法家们搭建广阔的艺术发展空间。书法家们更要爱自己的书坛，就像鸟儿们爱自己的林子。

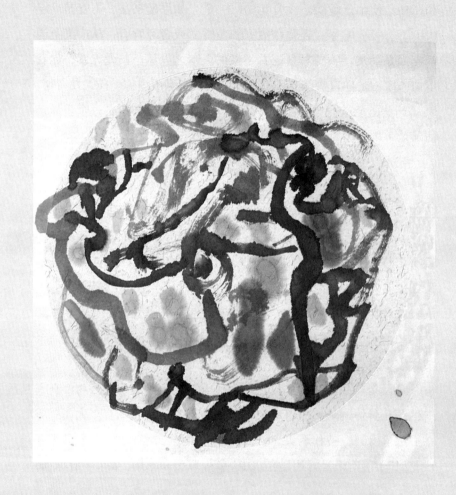

地球是生物的家园，书坛是书法家们的家园。在这个大家园中，书法家们像鸟儿们在林子中一样，和谐相处，在相互鼓励和砥砺中发展进步，在宽松祥和、自由舒畅的氛围里尽情挥毫泼墨，表现出千姿百态的美来。

耐力与韧性

　　许多成功在于坚持。世上无数事例表明，仅有良好的愿望和一时的热情，没有恒心和韧性，不可能走得太远。一时的热情，一阵的努力所能获得的东西，只能管一阵子。要采撷赖以支撑一生之所得，得到能够保持长久之快乐与成功，不是轻而易举的，要获得让天下许多人赞许的成功，就更不容易了。天山上的灵芝或青藏高原上的雪莲花，要是长在马路旁，就一定珍贵不起来。

　　我们身边的许多人和事证明了这一点。举一个坚持获得成功的事例，龟兔赛跑，连小孩都知道，结果是龟赢了。有些人爱一行，只凭一时的热情，善始不能善终，像猴子掰玉米，结果百无一成。有人看似不聪明，不赶时髦，甚至坐冷板凳，可十年、二十年忽然过去，回头一看，这人竟成了专家，成了有成就的人。这不叫笨，叫大聪明。就像种庄稼，去年大蒜卖不出去，今年你便不种，今年稻子好卖，明年你便拼命种水稻，你就不会有好收成。

　　人得有目标，不能仅凭聪明劲儿向前走。南辕北辙，觉得自己马快、出行工具好，忽视了方向与目标，会适得其反。方向对了，只打一口井，也能打出源源不断的清泉来。荀子曰："道虽迩，不行不至；事虽小，不为不成。"（语出《荀子·修身》）有了目标还得行动。行万里路，才有可能到达彼岸。葛洪曰："学之广在于不倦，不倦在于固志。"（语出《抱朴子·外篇·崇教》）虽然有行动，但还要持久。固志就是要坚定不移，不见异思迁，半途而废。当然，坚持不是故步自封，头撞南墙不回头。遇到挫折，应当知道另辟蹊径，这条路走不通走那条，东方不亮西方亮，但目标却是一致的。鉴真大和尚欲渡东瀛传教，下定决心之后，遇到许多挫折，但决心不变，终能成行。公子重耳逃难十九年，历尽千辛万苦，终成就霸业。李白小时候不爱读书，受到老奶奶铁杵磨成针的启发，终于成为千古诗仙。目标正确，行动坚决，意志力超强，持之以恒地追求，眼光长远，便有大成。

不必急着让生活给予我们所有的答案，很快便有的答案，往往不值钱。一个旅行者，在河边见一位婆婆为渡河发愁，他用尽浑身气力，帮婆婆渡河，可婆婆什么也没说就匆匆走了。旅行者觉得懊悔，自己费这么大力气帮她，她竟不谢。半天之后，当他饥寒交迫寸步难行时，却见一个年轻人来到身旁，他对他说，谢谢你帮我祖母渡河，祖母让我给您带些东西，说您一定用得上。于是，他拿出干粮，并把胯下的马送给了他。生活总会给你答案，只是有时候不会立即将答案告诉你；不及时告诉你的答案，可能更有价值。回报不一定在付出后马上实现，你只要保持平常心，不经意间，回报也许更丰厚地到来。

许多时候，见风使舵的聪明者，并不是终极目标的达成者。大智若愚、大拙若讷，不只是词语。身体看起来健康的人，如果没有健康忧患意识，往往透支身体，于是英年折戟。而有些病恹恹的人，歪歪倒倒一年又一年，竟活到了高龄，为什么？身体不太好，常有危机意识，知道保重调养。开车去西藏高原，据说高档车还不如个车况还行的旧伏尔加轿车，因为高档车进气要求高，而日本的陆地巡洋舰或者俄罗斯的伏尔加轿车，竟能适应稀薄空气那样的环境。

判断与选择（一）

判断与选择是人生的大命题。国家与民族的大命题，依然是判断与选择。

这不，昔日的乌克兰要倒向西方，北约的炮口可以直临俄罗斯边界，俄罗斯如何选择？

有时候，怎么选择都是难，是为两难。所以古人说，忠孝不能两全。曹丕曾给士子们出过一道题：君王与父亲同时有同样的病，只有一颗药丸可以救人，请回答你要用这颗药丸救谁。网上有人出题，说母亲与妻子同时落水，你只有能力救一个人，那你选择救谁？父亲偷了人家的羊，儿子知道了，是检举还是隐匿？孔子说宜隐之，有人说，应当举报，大义灭亲。

秦始皇沙丘暴死，如果李斯不与赵高同流合污，秦王朝历史或会改写。这也是李斯一生最大的污点。公子扶苏接到诏书，蒙恬怀疑那是假的，可扶苏还是选择自我了断，假若他认真查一查，甚至等一等，历史也许照样会改写，秦王朝也许真能传继若干代，至少不会仅止于二世。因为扶苏崇儒，会改变国策，拨乱反正。可是，历史能假设吗？

汉景帝病重，把栗姬叫到床前，交代她以后要好生照顾自己的其他儿子（吸取吕后杀刘氏的教训），可栗姬判断景帝将亡，断然否决，以为很快天下就是儿子（太子）和自己的了，可以尽情肃清异己了。没想到的是，景帝的病竟好了。栗姬关键时刻选择失算，失去机会，埋下了祸根。后来有人上折，奏立栗姬为后，景帝以为是栗姬使人所上，将新旧账放在一起算，废了太子，杀了栗姬与相关之人。其实，上折奏立栗姬，乃王夫人的安排。王夫人黄雀在后，后发制人，连景帝也被蒙蔽了。

狗突然发现危险情况，可能有三种基本反应：第一，扑上去；第二，立即逃跑；第三，若无其事。不同的表现，取决于狗的判断。

刘邦当年在沛县泗水当差，听说县令的朋友吕公要大宴宾客，送礼过千钱者才能坐于堂上，刘邦愤愤不平。赴宴这天，吕公家人接过刘邦的礼单，开心地大声吆喝"刘邦送贺礼一万钱"，喧哗的宴会顿时异常安静，人们都看着这个"送万钱"的人。宾客中有人认识刘邦，知道他是个穷酸小亭长，拿不出那么多钱，于是嘲笑他。好友萧何将他拉到一边埋怨道，你两手空空敢大言不惭地说送贺礼万钱，咋收场？刘邦大声说："收什么场？我就是要让姓吕的知道，不能这样狗眼看人低，以钱财多少分贵贱。"这

一幕当然被吕公看在眼里，他这时将有怎样的判断？他见刘邦高鼻梁，眉骨突起，长胡须，气宇轩昂，正气凛然，一番话掷地有声，便大步上前拉住刘邦的手大声对众人说："这位壮士的正直与胆识，不是比万钱更贵重吗？就凭这一点，我今天请他坐上座。"后来，吕公又把自己的女儿嫁给他，这就是后来的吕后。吕公这一判断和选择，使自己后来当了国丈。

输赢

俗话说："三条路儿中间行。"世上确实存在第三条路。

闲时我喜欢下象棋。我于棋技不思深入，对弈只图解闷休憩，于工作间隙，和人下上一两盘。与人面对面下棋是件快活事，像陶渊明嗜酒那样，"家贫不能常得"。你想下棋就有人来陪你？想得美！太奢侈。搓麻将，凑不到人干着急，在手机上进行，也能过把瘾。科技发达有好处（当然也有坏处），有了网络也比较方便。或许棋友也如我意，不少人在手机上候场，你点击入场，立马便有对手接招。

下棋时不能总想赢。不是说不想，而是说不可能。两人对弈，对方也想赢，赢者只有一个。不能常赢，因为人的棋技总有天花板。人外有人，山外有山。只赢，客观上不合道；道者阴阳，阴阳和谐，方为道。输赢组合，失去一方，另一方也不复存在。你总赢，高处不胜寒，到了一定层次，甚至没了对手。没对手很可怕，想玩没人陪你玩。于是上网下棋，我常怀平常心。输了便退一步，甚至降级，这样才会有再赢的空间。级别低，群友宽泛，网上配置对手容易，不至于寂寞，空耗等候时间。

不输便赢，不赢便输，是为二维。为什么说世事不止二维？因为棋局结果还有第三种情景——和棋。厮杀无解，谁也不能占绝对优势，取得最后胜利，弈下去，徒费时，便被判为和局。和棋对于

双方来说都有遗憾，各自体面，免得吭哧吭哧对敲良久没个结果。和为贵。现在世人常说，不要"零和博弈"，非得你输我赢，此理是也。当然，有时候还是得分个胜负，否则无法判断，譬如考试和竞技。而当分胜负成为无情战斗时，同类相残像第二次世界大战，死伤很多，倒不如相互理解、相安无事为好。

顺其自然与主观努力

这个命题对于个人来说，是方法问题；对于国家来说，则会上升到国策层面。从过程来看，两方面又相互交织。

想起一段历史。汉武帝继位前期遇到了一场政治危机，危机的核心是西汉初期尊崇黄老的国本思想与儒家进取观有着观念上的较量与冲突。窦太后健在那几年，武帝不能乾纲独断，虽期望崇儒可改化朝政，譬如，在对待匈奴的问题上，他想改隐忍和亲政策，采取攻势，洗刷白登之围与国书受辱之耻，这涉及国内治理政策及用人方略诸方面的改变，引起决策者们关于国策的争论，结果是，汉武帝失败了，他的改革努力胎死腹中，无奈躲进上林苑逐鹿打猎，减少与祖母发生冲突的政治风险。

选用治国方略是个方法问题，需要结合实际。汉景帝在这方面有一段精彩的表白，他说我们吃马肉不吃马肝，是因为马肝有毒；吃鱼肉不吃鱼刺，是因为鱼刺伤人。选择，就是要选有利的选项，摒弃有害的选项。汉初经过七国之乱和楚汉战争，国民积贫积弱，国内又有诸多不稳定因素，汉高祖与文景诸帝妥协忍让、韬光养晦，采用和亲方略，以较小代价换得边境和平，是审时度势的无奈之举。在和亲环境下，边关虽有小规模骚扰，可总比大动干戈损伤国本有利。这从当时来看是正确的。到了汉武帝时期，经过几十年的休养生息，国力增强，对待匈奴的态度需要改变，否则将会制约国家的发展。英气豪迈的汉武帝以为"把国家的安危放在女人的胸脯上"是一种奇耻大辱。如何对待匈奴问题，便成为儒道治国理念相冲突的直接原因。

选择，总是基于对实际情况的研判。实际情况总是在从量变发展到质变的变化中。量变与质变的临界是一个区间，这区间是个模糊区域。事物转化，需要主要因素与次要因素相互作用。汉武帝时期对匈奴战略与策略的转变，是基于国力的转变，也是基于决策者的推动，当然还要取决于匈奴人的态度。如果匈奴人不骚扰边境，不继续凌辱汉朝，也许劳师远征不会被提上议事日程。年轻的、具有雄才大略的汉武帝，受到挫折，在上林苑打猎，以声色犬马为雾罩，却在悄悄地、有序地推行自己的计划：开办军事学校，培训羽林军，发现军事人才，巩固养马基地，策划出使西域，并果断地扫除南方的不安定势力，为攻击匈奴创造良好的国内环境。这就是在做"主观努力"。有了这种主观努力和思想准备，才促成对匈战略的转变，才有了后来对匈奴人波澜壮阔的军事斗争，才出现了卫青、霍去病、李广等众多叱咤风云的民族英雄，才有了汉武帝时期击溃匈奴，拓宽边疆疆域的不世之功。

所以，人既要有顺其自然之心，又要有"凡事预则立，不预则废"的规划意识。这既是矛盾体，又是统一体。主动谋划，有时候就包含着顺其自然；顺其自然也是主动谋划的一部分。在日常生活中，我们常常既要顺遂天意，以安己心，又要主动争取，以慰己意。其实，国家和社会也是放大了的个人。

天遂人愿与事与愿违

　　人有好出身和好机遇，有成功者和失败者；出身卑微和成长环境恶劣的，也有成功者和终其一生依然卑微者；有的成功了终又毁败，有的历尽险阻终修成正果；这样的例证不胜枚举。据说姜子牙七十岁依然一事无成，卖盐盐罐生蛆，天不佑顾，按说此生休矣，他竟有心在河边用直钩钓鱼，是不是有毛病？可终能像伊尹一样，建立千古不朽之功。西汉公孙弘六十岁对策入仕，授官后不得意而归，七十岁又站出来接受选拔，他当时就没有思想斗争吗？要知道，他那个时代，人生七十古来稀，基本上到了盖棺论定的年龄，他还敢于折腾，还折腾出了大名堂！武则天已经落发入寺，却不甘心沉沦，才有了服侍两任皇帝、生下两任皇帝、自己还当上女皇的天下奇迹。仔细想想，她要是入寺后万念俱灰，终老于晨钟暮鼓之中，那段中国历史一定是另一番景况。所以，王安石有词句曰："伊吕两衰翁，历遍穷通。一为钓叟一耕佣。若使当时身不遇，老了英雄。"所以，天下事在人谋，人谋岂非天意乎？事业成功了，天意便站在了人事这一边。

　　史上有两个事与愿违的人，后世常以为憾。一是王安石，深谙大宋积贫积弱，矢志除弊兴邦，在宋神宗的支持下，开启了轰轰烈烈的变法运动。"天变不足畏，祖宗不足法，人言不足恤"，足见决心之大，意志之坚。可是，由于部分改革措施失当，实施过程又出现不良操作，加之用人失察，改革很不顺利，宋神宗去世，改革归于失败。再一个就是大明首辅张居正，他以为万历帝是他的好学生，李皇后是好家长，冯保是好陪读，作为帝师和首辅，满载中兴大明王朝的责任心和使命感，信心满满地实施变法，眼见中兴有望，可是身死事变，学生万历帝在他临终前还信誓旦旦地说："先生功大，朕无以为酬，只是看顾先生的子孙罢了。"然而尸骨未寒，万历帝便抄了他的家，掘了他的坟，迫害他的子孙家人。更可悲的是，改革政策被全盘否定。所以，史上说，明朝不是亡于崇祯，而是亡于万历。一心想通过改革振兴大宋、大明的两位政治家，看到的却是自己不愿意看到的结果，真是时代的悲哀啊。

魏武帝曹操，却是另一类典型。他在《让县自明本志令》中，称自己原先的理想，不过是想通过平心选举，当好一个地方官吏，为社会做点有益的事情。可乱世将他推上风口浪尖，他心中的目标变更为替国家讨贼立功，能封侯做征西将军，题墓道言"汉故征西将军曹侯之墓"，便意愿足矣。再后来，变化进一步超出他的预料，时事将他推到宰相的位置，人臣之贵已极，觉得自己望已过矣。此文虽被认为一代奸雄的辩污之说，可确实也有几分真实表白的坦诚。曹操的愿望一步步得以突破，一次次得以实现，甚至称帝也是唾手可得，真让人觉得世事确是不可料矣。

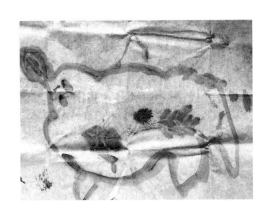

统与分

统与分既是数学概念，又是社会学概念。《三国演义》开篇之语便是："话说天下大势，分久必合，合久必分。"真是一语道破天机。

中华人民共和国成立初期成立农业合作社、人民公社，将一家一户的分散耕作合为集体运营，一时间也有许多亮点。特别是集中力量办大事很得力，譬如平整土地、搞农田基本建设、修建大型水利基础设施等。日子久了，新鲜劲儿消失后，人的本性就表现出来。加之靠人为调节，需要高素质的领导层，弄不好就会产生官僚主义和瞎指挥。吃大锅饭，导致劳动生产率不高、生产动力不足。新时期的改革开放，从农业开始，分田到户，回归到一家一户为单位的承包经营。这样责任明确，农业生产力井喷式释放，很快解决了吃饭问题。此后，随着城镇化进程的加快，农业机械化程度提高，一家一户小规模经营眼见不能适应商品经济发展的需要，于是又倡导集约经营，让土地向种田能手集中，既为城市建设解决劳动力问题，又消除了进城务工农民的后顾之忧，还有利于适度扩大经营规模，促进农业科技推广，有利于农业机械的使用。农民离开土地，还可以成为活跃、具有流动性的生产力，对城镇化建设也是一种力量。此外，这样还可以提高我国劳动力的素质。虽然这种集中是依照客观经济发展规律进行的，但归根结底还是一种集中，是一种统的方式。

就改革来说，在国家管理体制层面，总也是在统与分上反复纠结。统的分量增加，综合能力强了，但地方积极性不高，譬如财政体制、中央统收统支、地方遍吃大锅饭等，便失去了利益激励的积极性。而放得太多，地方肥了，中央便没有能力集中力量，办国民应该办的大事。这些年，财政体制从统收统支到分税制，再到以税种确定不同管理层级的利益关系，就是一直在探索统与分的关系，寻找黄金分割点，而且随着形势的变化还要随时进行调整，这是科学管理的一个大课题。对某一项事业的管理也是如此，放权到地方，中央关于这方面事务统一管理的法规往往不能顺利执行，譬如土地管理、工商管理、药品管理、产品质量管理，以及湖泊、生态管理，地方和部门往往为了自身利益，迫使管理部门进行变通。如果将管理权全部上收中央，就会管得太死。于是，这方面也要根据事权的性质，进行科学分类，采取不同的管理方式。于是，我们在改革的过程中，总是在统与分上反复调整，逐步将其调整到比较合理的区间。当然，随着客观形势的变化，管理方式的适应程度也在起变化。这是因为，有关管理的法规制度总是相对稳定的，而形势变化却在时时刻刻发生变化。

就说我们整理自己的文档吧。电脑上几十年的文件，查起来很不方便。按年头分吧，找一个文件需要一个年头一个年头去检索；按类别分吧，又不知是哪个年头的。总之，分来分去，还是在统分上纠结。或者，干脆实行双轨制，用两条线管理，一条是纵的，按时间先后顺序归类；一条是横的，按类别进行归类，形成一个坐标，一个轴是时间，一个轴是类别，两个坐标的交叉点，便是要找的标的。然而关键是，要有时间和精力去做大量的分类工作。将时间耗在这上面，也很纠结。天下真的没有绝对既省工又省力的工作。

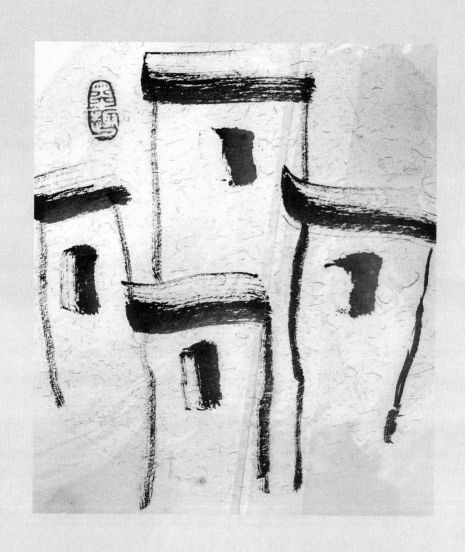

推敲

　　宋时沈作喆在他的《寓简》卷八中讲了一个故事，说大文学家欧阳修晚年在编著自己文集时"用思甚苦"地进行推敲。其夫人见他如此辛苦，劝他说："你已经是名满天下的大文豪了，是天下文人们的先生，何苦这么认真！难道还怕先生责怪你不成？"欧阳先生说："我老师都不在了，还怕老师责怪？我是怕后生笑话啊。"这种推敲精神，乃是一种文化自觉。

　　"推敲"的由来，源于诗僧贾岛。他在《题李凝幽居》诗中云："鸟宿池边树，僧敲月下门。"在用"推"字好还是用"敲"好时，他犹豫不决，拿不定主意。后来他云游长安，在街上骑着毛驴还在思考是用"推"好还是用"敲"好，没想到迎面碰着韩愈的车队，被人喝问，韩愈下轿问其故，贾岛说自己正在沉思"推"与"敲"，恳请大人原谅冒犯。韩愈为贾岛字斟句酌的认真精神所感动，经过一番讨论，他确认"敲"字更好。这一字之变，使得该诗由静变动，顿发生机。

　　袁枚的《所见》"牧童骑黄牛，歌声振林樾。意欲捕鸣蝉，忽然闭口立。"一诗中，后一句原来为"忽然张口立"，因为"张"字是平声字，全句"平平平仄仄"为合律句。可要还原小孩捕蝉的真实情景，则应为"闭口"。正像有一位画家，画两头牛抵头，尾巴上翘，以为给力。一牧童看到后大笑道："牛抵头时，尾巴不是上翘，而是扭着往下攒劲哪。"画家通过实际观察，情景果然如此。再说贾岛，他那首诗写的是去李凝家，用"敲"字合适。若是他在外边喝酒半醉半夜方归，回到寺里，门已经关了，他在诗中是用"推"好呢，还是用"敲"好呢？我认为用"推"更好，而且是悄悄地"推"。他的行为违背僧规，要是把大家都敲醒了，不是要挨师父一顿臭骂吗？所以，用"推"与用"敲"，场景乃是关键。

就说我吧，有一年中央数字电视书画频道举办"仰山雅集"活动，作品以自撰"寻源问道"文本为书写主题。撰文后书写作品之际，我脑子里冷不丁冒出一句"乾坤问道"来，又莫名其妙地联想到"牧童遥指杏花村"的诗句，于是就有了"牧童遥指乾坤问道"一句，是一个八字对的上联。我便想对出下联，没想到下联却甚是难对。因为"牧童遥指"不易对，还有上联"乾坤"二字甚大，下联能选的字，空间很小。辗转一天，我也未能对出来，于是作罢。到了次年端午节时，我捧读屈原的《渔父》时，忽然脑洞大开，想起了"渔父"。我进而又想起"短歌"，于是"渔父短歌天地铭心"便成联。"渔父"对"牧童"，"短歌"对"遥指"。而"天地铭心"对"乾坤问道"，天地对乾坤，也不显得前重后轻。这副对联，前后一年多，才于偶然间对上了上联。

再说苏东坡，他的《念奴娇·赤壁怀古》，你要是认真研究一下，就会发现，有的版本写的是"乱石穿空"，有的版本写的是"乱石崩云"，有的版本写的是"惊涛拍岸"，有的版本写的是"惊涛裂岸"，还有"人间如梦"，有的版本也写作"人生如梦"。这些不同的字词意相近，用起来其实都正确，只是意境有些差异而已。为什么会出现这种情况？我揣度，根源还在苏东坡。他既是词人，又是书法家，还原到当时，他可能常常写这首词送给友人，以上的那些字，他有时候写成这样，有时候又写成那样，这也很正常。我深有体会：我在用毛笔书写自己的诗文时，也会在不经意间"串词"。而且有时偶尔间串来的词，甚至比原版的还精妙。

东晋医学家葛洪在《抱朴子·外篇·勖学》中说："虽云色白，匪染弗丽；虽云味甘，匪和弗美。"这句话说的是，即使是很白的丝织品，不经漂染，也不会明丽动人；即使是味道很好的食物，不经烹调，也不会让人食之难忘。使用文字，只有像欧阳修先生和贾岛那样，认真地去推敲，才能用得精当。

危机与机遇

　　我工作室门侧有个菜店，这年头是互联网＋时代，菜店便起个"闪猫"这样的名字，开展线上运营，2019年秋开业，因为在小区内，生意不咋地。小区门口就有中百超市，中百超市规模大，线下交易，货物看得见摸得着，商品齐全不说，也卖蔬菜。小区外不远，还有几个小型菜店，买菜很方便，网店不占优势。

　　可是，新冠疫情来了，帮了网店大忙。人们不得不宅在家里，一宅便是几十天。后来解封，可两年来，时不时就出现一波波疫情，人们松一阵紧一阵地进行防范。管控一收紧，出行便受到限制，可人总得吃菜，于是网店机会来了，业务扩大，从原来的生意不好，到赚得盆满钵满。偶尔时机来了，不想发财都不行。疫情是灾难，灾难之下，得失不同，开酒店的，做旅游的，还有剧场电影院，关了门还有啥收入？有人遭殃，有人发财，财富再洗牌，也在无声地进行着，也是无奈啊。

　　什么叫运气？有一位小老乡做老家襄阳白云边酒的销售总代理，在他之前，白云边酒不生不死，一任任代理都"亏出江湖"，他愣乎乎地伸手接盘，开始也难，后来赶上白云边酒走上坡路，销量一路看好，而今二十年下来，他成了亿万富翁。一个楼盘，楼市行情不好，开发商断了资金链，烂尾楼不得不贱卖给别人。别人接手，

赶上楼市上行，眨眼工夫便大获暴利，你说，这是时也运也？

　　危机这个词有哲理。合起来看，危险也，有危险也。有危险不是好事。金融危机，政治危机，粮食危机，等等。可分开来看，危者乃危，机则意为危险之下有机遇。中国的文字，果然精妙无穷也。

先发与后发

王阳明为先发，张口说话，便能很顺溜地背他爷爷常吟的诗词。曾国藩为后发，记性差，曾经晚上背书良久，小偷躲在梁上，想等他睡下后行窃，谁知他竟诵书一夜，小偷听得已经会背了，他还没记熟，让小偷十分懊悔。王、曾二人不管是先发还是后发，都成就了一番伟业。而且，曾国藩几乎仕途一路好走，王阳明却遭遇极大挫折，差点葬身于贵州龙场。

李白栖居于安陆白兆山，一住便"蹉跎十年"，虽然豪情万丈，才气冲天，可依然只能仗剑出游，与许氏热炕头抱孩子，干谒不受待见之际，仕途没见起色，于是有人问他："问余何意栖碧山？"李白笑而不答，以藐视面对嘲笑，"燕雀安知鸿鹄之志哉"，我不是不能，是时机未到，时机一到，必将一鸣惊人。果然，李白奉召入京，一出仕便是六品翰林待诏，跟他曾上书的安州裴长史、张长史一个级别。而他的诗又是什么级别的官可以比拟的呢？

曹刿在战场上与强大的齐军对阵，任对手一次次擂鼓冲锋，就是按兵不动，是让对手由"一鼓作气"变成"再而衰，三而竭"；晋文公与楚军作战，先退避三舍，然后择机反击；秦末巨鹿之战，项羽率领数万楚军，与秦名将章邯、王离所率四十万秦军主力作战，项羽破釜沉舟，率先猛攻秦军，全歼王离大军，后迫使章邯二十万大军投降。此一战，秦军主力丧失殆尽；著名的赤壁之战，也是由东吴率先发起火攻，曹操败北。此皆为后发而制胜。当年哥舒翰要不是被逼出关，长安也许不至于失陷。

所以，先发或后发，皆不是胜败的根源。于成龙四十五岁方以明经谒选清廷吏部，从山西吕梁赴广西柳州就任罗城县知县，应该说仕途没啥指望了，可在仅二十余年的宦海生涯中，他以卓著政绩和勤劳廉洁，三次被举"卓异"，康熙帝破例亲自为他撰写碑文，既受百姓爱戴，又受朝廷赞誉，青史留名，世代流芳。姜子牙暮年才在渭水边知遇周文王。人生的早发晚发，关键是根基要牢。什么是根基？个人素质也。

"知所先后，则近道矣。"网络上曾传出一个段子，段子里有两份名单，第一份有九位：傅以渐、王式丹、毕沅、林召堂、王云锦、刘子壮、陈沅、刘福姚、刘春霖。第二份也是九位：曹雪芹、胡雪岩、顾炎武、金圣叹、黄宗羲、吴敬梓、蒲松龄、洪秀全、袁世凯。前者皆是科举状元，后者皆是落第秀才。前者荣耀于当时，后被世人遗忘。后者一时羞愧，竟留下不世之名。王安石写过一个叫方仲永的早慧小孩，爹娘过早地消耗他的才智，使他失去了"充电"机会，结果小仲永长大后成为普通人。东汉孔融，少小便知道让梨，后来成为名儒。

博弈有先有后，先手有赢有输，后手有输有赢。《淮南子·诠言训》中言："驰者不贪最先，不恐独后。"唯恰当为最好。什么是恰当呢？说到底还是符合情势，实事求是。开车行进在拥挤路段，总觉得其他车道动得快；当变道到另外车道时，又觉得还是原来车道动得快，结果，走了很久放眼一看，起初不同车道同行的车辆，还是在自己左右。人们称其为神奇的墨菲定律！

西汉史学家刘向说："少而好学，如日出之阳；壮而好学，如

日中之光；老而好学，如秉烛之明。"不管在人生什么阶段，如果努力奋斗，便是一种好状态。

有一个很有意思的例证，不信你试试：在电脑上用五笔输入法打出"先后"二字后，刚好是四个相邻、方向交叉的键的位置，怪哉乎！

自由与约束

现在对于运动养生有两种截然不同的见解。新冠疫情期间，出了桩"说不奇葩却也奇葩"的事情：一位可谓是朋友的艺术家，借着写疫情日记飘红。人们关注疫情，关注悲欢离合，本无可厚非，可后来发觉那日记竟成为投名状，自己的感情被利用后，才意识到这是又一场别样"疫情"，心中不由愤慨。她的日记，我只在朋友圈中看了几篇，觉得无聊，并不在意，没想到竟发酵为一种"现象"，这难道不奇葩吗？有道是"福无双至，祸不单行"！果然。世有"发灾难财"之说，消费灾难的事情果然有。人上一百，形形色色。生活不仅会滋生幸福感，也会产生垃圾。

人间发生新冠疫情这类悲情事件，莫说作家，全世界的人都有感触。这是人们关怀生命的必然反应。可感触带上什么色彩，是由世界观和价值观决定的。看一件事物，不同的人会看出不同的结果。所谓"公知"看出的就是异样的。马才是马，可赵高硬是"指鹿为马"。

记录是崇高事业的一种。只是，日记偏私有失客观，宅在家里不出门，信息大多来自网上"听说"，再没有常识的人，也知道这种消息没有多少可信度。要是全信网上的帖子，世上的每个人不知道要被电信诈骗坑害多少回。记得当年网上说美国国务卿访问中国，不住钓鱼台住中关村，每晚花销 10 元床铺费，你信吗？在中关村

去哪里找 10 元一宿的旅店呢？海量的信息中，许多遍地说世界末日到了，说得有鼻子有眼，那你就去跳楼？你要是跳楼了，世界照样存在，这不是很搞笑？日子正在进行中，尘埃尚未落定，便先入为主做先知，别说对社会负责，连对自己负责都做不到。毕竟我们的认知时不时也会被飘浮的现象所蒙蔽。这样说是在原谅她，否则，不得不让人质疑她的写作动机，尤其是匆匆跑到外国去发表她的日记的目的了。

国民遇难时，每个人的态度都是考验忠奸的试金石。这些人，请不要把自由作为武器，说我干涉你的自由；请不要只有你的自由，而没有我的自由；像疫情期间的那些外国人，借口自由不戴口罩；像在深更半夜里，你想到院子里放声高唱；像有人有了创伤，你自由地上去撒盐；像在公共场合，你抽烟让人家被动地吸入二手烟，你自由了，别人的自由呢？

人们的自由总是有底线的。这底线便是法律、道德和良知。法律和道德是社会约束自由的底线；而良心是自己约束自己的底线。园丁为什么要用电刀剪球形风景树呢？露头橡子为什么先烂？但凡有自由，便有不自由。我们只能最大化地争取自由，但天下没有绝对的自由。面对疫情，让居家而不居家，让戴口罩而不戴口罩，那么新冠病毒就会首先找到你。人如果没了，你的自由在哪里？

自由有不同的属性。许多自由是形式上的，打着自由的旗号。譬如某些国家的人，为捍卫自由而不戴口罩。你是自由人，人家的安全自由呢？要知道，自由是相对的，相对的另一面便是约束。大家聚餐，有人像飞轮一样转动台盘，什么好吃就往碗里夹，你会不会鄙视他？他是可以自由地吃了，可大家呢？难道自由就是啥都好，而约束便一无是处吗？我们想一蹦上天，行吗？我们想天下都归我所有，想干什么就干什么，行吗？我们想在哪儿撒尿，便在哪儿撒尿，行吗？在同一地域的自然条件下，我们想让冬天变成夏天，春天花不开，三伏天穿貂裘，三九天穿薄纱，也行吗？树叶遇风而摆动，树叶能自主摆动吗？

自由虽然具有魅力，让人着迷，但若不知道约束，就不会有真正的自由。嘴巴上的自由是骗人的。为什么要有三大纪律、八项注意？因为倘若给了军队抢掠的自由，带来的便是社会和人民的灾难。为什么要有仁爱？不单是关心他人，还包含约束自己。

自由与约束是一个硬币的两面。没听说世上有生来从不受约束的人。人一出生，便受着约束，想出生在什么样的家庭便出生在什么样的家庭行吗？所以拿出生说事的人很蠢。人的死也受约束，谁也不能预测自己将来会怎样死去，所以炒作灾难很不人道。人不能在大街上横冲直撞，在人群中总得互让。要知道，有了相对的约束，才会有可贵的自由。自由也是一种利益。你无限制地获得自由和不受节制地获得利益，就会妨碍别人的自由，损害他人的利益。"己所不欲，勿施于人""己所甚欲，亦勿施于人"，这是祖宗先贤的告诫。你有说话的自由，可以骂自己的祖宗，别人也有维护祖宗尊严的自由。人，不是生活在一个人的世界里，草原够大，一个人能长久生存吗？生活在族群中，与人共在，那就不能不照顾同在者的感受。法治，就是试图在约束和自由之间找到边界。哪个国家没有法律？法律规定什么是自由，怎样才能自由，这样便是在界定不自由。你可以不戴口罩，可你打不打喷嚏？你连自己打喷嚏都管不住，怎么说自己想要自由就会有自由呢？

自由是一种追求，不是目的。我们的目的是过得更好、更幸福。战胜灾难，是创造幸福的组成部分。灾难难以避免，人类发展进步的历史，就是战胜各种灾难的过程。灾难面前是束手伤泣、传导悲情、一味责难，还是做群体中的一员，奋力抗击，勇敢战斗，这其实是很本质的人性。惯常的认知是一回事，偏颇的认知是另外一回事。灾难来临，人们一时间应对失措，值得痛恨，但绝不能以一斑而概全貌，把时光刻舟求剑般地定格在某个时点上。认知是一个过程，过程是连续进行的。认知偏颇的人以为听到的便是真实，起码是个智商问题。想怎么说就怎么说，想怎么干就怎么干，那么，你就在日记上把病毒痛骂一通，把流感病毒、SARS、埃博拉病毒、艾滋病、登革热和今日的新冠疫情骂滚蛋不就得了！

眼睛受约束在眼眶里，才可以看全世界；心受约束于胸膛中，才可以跳动自如。假若眼睛不被约束于眼眶中，心不受约束于胸膛里，会有眼睛与心脏的功能吗？由此可推及国家和社会制度，形式与内容总是融为一体的。所谓民主国家，其实是相对的；所谓民主社会，其实是相对的；所谓民主制度，也是相对的。你能在所谓民主国家里想怎样就怎样？能随便在公共场合抽烟，在大马路上飙车，或者不劳而获吗？制定社会制度，就是为了在给人们自由的同时，也给人们约束。你的认知是否端正，取决于你的立场与智慧。

馅饼与陷阱

天上掉馅饼的事有没有？有。譬如一个人走路，一只兔子急匆匆跑过来一头撞死在路边树下，于是伸手捡来。有此一得，这人便又来树下蹲点守兔，然而再也遇不到主动跑到树前撞死的兔子了。此事被人笑话，于是留下一个名为"守株待兔"的典故。

一个人买彩票中奖了，惹得外人羡慕，可是谁知道，这人多少年来下彩注的投入也许比中奖的数额还要大呢！多少次下注打水漂，为他人中奖作嫁衣，每每生出懊恼，也会妨碍精神健康。这次中奖，不过是对千万次损失的一次补偿。当然，也真有人偶尔买张彩票中了大奖的，不过千万人中没几个而已。这类偶然所得，不也和行走到树下，突然碰到一只兔子撞死在树上的情景类似吗？

况且你中奖了，有许多人知道，于是有人骚扰你，温柔的电话来了，你还沉浸在侥幸中，没有拒绝诱惑的意识，于是按电话上甜言蜜语之说法，或者将奖金给了集资者，以获得高息收入；或者走进了赌场；或者随那温馨之声走进温柔之乡。不久便蓦然发觉，那收益高得离谱的集资，让你血本无归；赌场上的一夜，可以输掉一架飞机；温柔之乡却成了无底深渊。人家给你下套，画的是馅饼，下的是陷阱。人家抛出诱饵，你就成为被钓去的大鱼。

钓鱼时，钓主只用一片麦片作为诱饵，可许多鱼便因为迷恋那片麦片，便被人家钓了去。

问题出在哪里？出在人心的贪欲上。贪欲心便是那块麦片。李自成进京，以为天下已经是自家的了，于是放纵属下胡作非为，结果十几年南征北战打下的江山，几十天就给弄丢了，以至于死无葬身之地，郭沫若于是写下了《甲申三百年祭》。管仲相齐，根据齐桓公意欲削弱鲁国国力的想法，采用高价收鲁缟（鲁国生产的一种白色的薄绢）的方法，诱惑鲁国贪心地举国生产鲁缟，竟荒芜了土地，而齐国突然不收购，鲁国望着堆积如山的鲁缟没饭吃，只好高价买齐国的粮食，用空了国库，从此鲁国一蹶不振。管仲就是利用了人有贪欲这一弱点。鲁国后来后悔，可是有什么用呢？赤壁之战，曹操信了蒋干，又信了黄盖，结果火烧连环船。为什么要信蒋干、黄盖？还不是因为贪图胜利，贪心是掉入陷阱的根源。可是，没有贪心，世界上就没有冒险。没有冒险，便没有发展和离奇的故事，这两者是一个悖论。

人类的欲望是填不满的沟壑。穷人有穷人的欲望，富人有富人的欲望，官人有官人的欲望，艺人有艺人的欲望。渔夫的老婆起初只是想要一只新木盆；得到新木盆后，她马上想要木房子；有了木房子，她想当贵妇人；当上了贵妇人，她又要当女皇；女皇当上了，她又要当海上女霸王，让那条能满足她欲望的金鱼做她的奴仆。这就越过了界限，如同吹肥皂泡，吹得过大，必然破裂。凡事总有限度，一旦过度，必受惩罚，这是朴素的人生哲学，也是自然界诸多事物的规律。可人要是没欲望（也许单个人做得到），社会便不可能有发展。这又是一组悖论。问题在于欲望的性质：它是正常的需求，还是非分的贪欲。

不要以为和你熟识的人就会善待你，有时候他们比陌生人更可怕。熟人圈是极有可能产生陷阱的地方。因为你对熟人可能不设防。有时候因为是熟人，无法驳面子，于是就进入陷阱。可是，在家靠

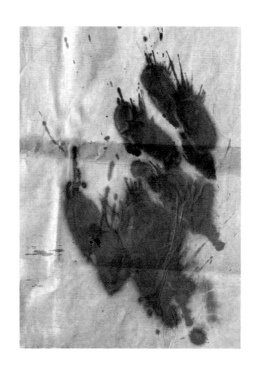

父母，出门靠朋友，不依靠熟人、同事和朋友，你又依靠谁呢？这又是一组悖论。

引诱和伪装是陷阱的本质。看看今日的电信诈骗、传销诈骗、保险诈骗、高息诈骗、养老诈骗，尽管方式不断变换、手段不断翻新，可无一例外，它们都是以利益为诱饵。所以得出结论：只有不贪心，才可以筑起防范陷阱的铜墙铁壁。

想法与启发

现在运动养生有两种截然不同的见解。

想法与启发是很有趣的两个概念。

启发多半建立在想法的基础之上，所以说，机会是为有准备的人准备的。没有想法，不会产生启发。看小孩子玩泥巴，这也太司空见惯了吧？千万年来有多少小孩玩过泥巴？又有多少大人看过小孩玩泥巴？可印刷工毕昇，在看自己的小孩玩泥巴，捏锅碗、桌椅时受到启发，突然开窍，产生顿悟，发明了活字印刷术。这一发明是人类印刷史上的里程碑。为什么那么多人自己玩泥巴、看他人玩泥巴，却只有毕昇从中悟出了大名堂，弄出一个永载史册的大发明？因为他心心念念的，是如何改变当时雕版印刷的现状，提高工作效率。有了这个想法，他才会从孩子的玩泥巴游戏中由此见彼。

有些发明创造，在窗户纸没有被捅破前，是一片茫然。然而，一旦捅破那层窗户纸，结果却简单得甚至令人发笑。可是，捅破窗户纸不是一件容易事。从有想法到受启发，这是捅破窗户纸的必然路径。牛顿由苹果落地现象受到启发，发现了"万有引力定律"，天下谁没有见过苹果落地？用卤水点豆腐是个偶然发现，如果发现者不在意做好豆腐，他会有这个发现吗？据说，贵腐酒的问世，是因为有一年葡萄收获得太晚了，受贵腐菌感染的葡萄呈半腐烂的干

瘪状，通常人们只能将其扔掉，一位匈牙利果农却利用它酿出口味独特的甜酒。传说毛笔是蒙恬发明的，一次打猎，他看到兔子尾巴在地上拖出了血迹，便想到将兔尾毛插在竹管上，用它来写字，一试不行，毛有油脂，不含墨，便一把将它扔到门前的石坑里。不承想，石坑里的水为碱性，没几天兔毛的颜色更白了，他又拿来再试。这一试，竟然成功了。要不是他既是统帅又是书法家，一心想改变书写工具，让书写便利快捷一些，免得一次军情报告需要几天时间才能写成，咋能发明出毛笔来？生活中那些凑巧，是因为先有了想法，才有了产生启发与顿悟的可能。

楚国的黄歇立志做一番事业，在游学过程中，一边认真研读前人的经书史籍，一边留心观察当时的战国形势，才有了后来天下闻名的春申君。李时珍研究医书、药书经典，发现其中有不少舛误之处，是不是只有他发现了这些舛误？应该还有很多人。可他发现之后，立志写一本全面且尽量少出错的药书，于是潜心考察研究，耗时二十七年，编写出青史永垂、惠及后人的《本草纲目》。胡惟庸发愿当宰相，不料阴差阳错，真的当上了宰相。

偶然孕于必然之中。偶然之发现，与必然有联系。相传武则天未入宫之前吃面心急烫了嘴，于是便发明了凉面。在此基础上，凉面有了许多做法。譬如，我吃凉面，不用在水里浸，而是面条下好后，把它放进一个滴了麻油的盛具里，置于电扇下抖动着吹凉，因为有油，并不粘连，这样就避免了用水滤的三个问题：可能存在的水卫生问题、面汁被滤走后的营养流失问题、水浸后吃起来水汽太重的问题。然后溹上蒜汁与醋，凉面就爽凉可口，食之叫绝。有想法与需求，是创造发明的动力。王阳明从小立志做圣人，圣人关键要有学说，他便格物致知，带着思考一路前行，居然在龙场那荒僻之地的风雨之夜里顿悟，创立了"心学"，真的成为圣人。

当然，有想法不一定就会有有价值的启发。有价值的启发，却必然建立在有想法的基础上。这说明，想法得符合事理。《百喻经》

上记载，有个人吃了生芝麻，觉得不好吃，就把芝麻炒熟了，觉得吃起来更有味道，于是他想："既然熟芝麻好吃，我就用熟芝麻来种不是更好？"结果芝麻连苗也没长出来。《百喻经》上还记载，有个种甘蔗的人心想：甘蔗本来很甜，如果我用甘蔗汁灌溉，肯定会更甜美。于是他就把很多甘蔗榨出汁，浇灌新种的甘蔗苗，结果把甘蔗苗都浇死了。

形势

　　形是断面，是横，是当下；势是体系，是纵，是未来。形表达状况，势呈现趋势。

　　形的本质是较稳定，势的本质是多变化。不变是相对的，变是永恒的。山川不变，而战守胜败之势常异，缘何？变矣！

　　战乱年代，多数人憧憬平静生活。和平年代，平静日久，矛盾积累，人们又躁动不安，希望重回英雄年代，于是战事再起。

　　分久必合，合久又分，即为形势。

　　形势不利时，刘邦征匈奴竟在白登山被围，差点当了俘虏，于是送人、送物和亲。西汉为复仇准备几十年，汉武帝时期，兵强马壮，粮草充足，又有卫青、李广、霍去病等大将助力，经过一番较量，终于打垮匈奴。

　　天时是势。王莽本来能力超强，口碑也好，可汉代后，意在标新，以避诟病，于是诸多改制举措骚扰民众，民心思安，所以天时不容新朝。

　　地利是形。中国几千年文明赓续，薪火相传，东有大海，西有群山，北有草原，南濒小国，当有关联。单单河西走廊这个通道，就曾发生多少惊天地、泣鬼神的大事！而今，海不为障碍，山不为险阻，河西走廊也不再是险隘。地利依然时时在变。不变的是中华民族不畏强暴、勇往直前的民族精神。

东晋郭璞是形势派风水学的鼻祖，观山川形势可知人世运势。其母丧，他卜葬地，竟距水不足百尺，人们议论不该选离水太近的地方为墓地，郭璞说："此处将要变为陆地。"后不久，此地淤沙堆积，墓地外几十里都变成了良田。

沧海桑田，变为之常。喜马拉雅山所在地，曾为海洋，今乃为世界第三极。当年李白"不敢高声语，恐惊天上人"，在江心寺中作《夜宿山寺》，而今江心寺已经离长江岸边有段距离。世间黑天鹅与灰犀牛之变，总是让人出乎意料。

形势的本质特点是变。然也有万变不离其宗者，譬如有生便有死，有盛便有衰，有高便有低，有上便有下。生，便要吸纳吞吐。

兵法与兵道较稳定，但它们的具体运用需要灵活性。霍去病打仗，不依常规，出其不意，故能像秋风扫落叶一般，荡涤不可一世之匈奴。岳飞"运用之妙，存乎一心"，故有战无不胜之岳家军。而二人之用兵，又无不在兵道之中。

世事不可预期的是未来。如郭璞那般世事洞明者，如袁天罡、李淳风那般推背知未来者，必定稀少。稀少才传奇，说到底，这还是源于人们对未来的预判。可那些神机妙算的预测者，也没能逃脱形势之命运。王敦问郭璞："你知道你什么时候死吗？"郭璞说："就在今天中午。"王敦恼怒，命人将其处死。郭璞问行刑人行刑处在哪里，答曰："南冈头。"郭璞说："一定是在两棵柏树之下。"走到那里果然有两棵柏树。他对行刑者说："树上应该有个喜鹊巢。"大家仔细找，果然在树枝间找到被树枝遮蔽的鸟巢。但郭璞还是死了。

时势与环境，不以人的意志为转移。往前追溯，秦始皇焚书坑儒，多少孔孟之徒被坑杀，奈其何？明太祖搜天下奇书，兴文字狱，有些文字牵强附会，找出个问题便会招惹杀身之祸。即使政治比较开明的宋朝，沈括在写《梦溪笔谈》时，自序里反复强调"圣谟国政，及事近宫省，皆不敢私纪。至于系当日士大夫毁誉者，虽善亦不欲书，非止不言人恶而已。所录唯山间木荫，率意谈噱，不系人之利害者。"还有苏东坡的乌台诗，势在受讥，罪责断不能免。

身处乱世，即使你不惹事，不义之事或许也会在无意间找上门来。

而且，即使大势好，你的形势也未必好；大势不好，你的形势未必就不好。股市大涨时，也有人赔钱；股市大跌时，也有人赚钱。

形随事迁，永无定势。因为变化最难以把握。

书法也是如此，技法具有稳定性，而变法则难以估量。正是因为势变，如笔速快慢、纸张习性、墨之浓淡、书写环境、不同心情等因素变化，作品才千姿百态，精彩纷呈。

一时与千秋

~~~~

　　唐人沈亚之在《沈下贤集》中说到一个故事。一个锻金匠人，手艺精湛，日子却过得很清苦。弟子笑他，师父手艺高强，可收入还不如烧土窑的，这是为何？这位匠人说，制瓦器操作简单，收入虽少，但用器损耗快，早上买来也许晚上就会打破，于是再买，所以买卖兴隆；而我锻金，冥思苦想，为的是做成精品，让人们能品赏一辈子，并且久久传承下去，这样的需求少，所以生意冷淡。这金匠说得很有道理。许多大学问家门可罗雀，原因即在于此。

　　我今年春天到北京，与家人一起再访香山，经姑娘推荐，我们在香山公园一隅，见到曹雪芹写《红楼梦》的那几间简陋房子，现在看是园中的一处小景点，若还原当时情景，一定是个门可罗雀的地方。刘勰写《文心雕龙》，是在山东莒县定林寺里。寺是一个与红尘有距离的地方，那种寂苦，只有刘勰自己知道。难道曹雪芹、刘勰不知道"人生得意须尽欢，莫使金樽空对月？"可是，他们的追求不在当下，而在千秋万代。

　　智永禅师花费数十年临摹《千字文》八百本，天哪，这需要多大的毅力？可他做到了。他为什么这样做？这样做时心理如何？他是想写完后散发天下，以为总会有流传后世的可能。然而，若干年后八百本流传在世的也仅几本而已。欧阳修是文坛领袖，作文时反复推敲，花甲时节修改旧作，依然字斟句酌，妻子笑话他，他说自己认真修改，是不想给后人留下笑柄。

张若虚写《春江花月夜》，在唐代不被看好，唐人选诗时皆未选此诗。宋人也不待见它。所以在《全唐诗》中，张若虚只留诗两首。明人发现并珍重这首《春江花月夜》，将其选入《唐诗选》，它才渐被看好，声名日重，竟被誉为"诗中的诗""顶峰上的顶峰"。张若虚生前想象得到这首诗的命运吗？时间有时候可以沙里淘金。

晚年的李白生活困顿，投奔"从叔"李阳冰，虽知"我辈岂是蓬蒿人"，但他料到自己会被后人奉为诗仙吗？杜甫年老多病，"亲朋无一字，老病有孤舟"，岂知后世之杜甫将成为诗圣乎？

伽利略在证明"自由落体定律"前，做了多少次实验？哥白尼提出"太阳中心说"时，遭受多少人质疑？他甚至冒着死的威胁！而证实地球确实围绕太阳转，竟又用了百来年。这之后，牛顿受苹果落地现象的启发，发现了"万有引力定律"。

人类真正的事业，既要为稻粱谋，也就是要过好当下；又不能仅为稻粱谋，这就是要遗爱千秋！

有意与无意

在这个题目下，我只讲一件我的有趣事情。这是我亲力亲为的一件事。

虎年清明节的大前天，我匆匆从北京赶回武汉，向社区报告了自己在北京的行迹，做了核酸，第二天便从武汉回到老家。

我夫妇二人走得早，应该在上午十一点之前到家。亲人们准备了午宴。

可是，途中却横生出一段插曲。

我原定到随州市服务区小憩、方便，可到后才知道随州市疫情严重，便没敢下车，心想只能到前面路边方便了。我又在心中暗示自己：我是枣阳市人，撒尿也要撒在家乡的土地上。于是过了枣阳界碑十几米，我驱车迈过栏杆于树林内方便。当行至枣阳高速出口处，入城要检查，我却没了手机。我用夫人手机拨叫，却听不到回声。我将驾驶室找遍，亦无踪迹。我冷静地想了想，难道手机丢了？我路上还用过它，会把它丢在哪里呢？只有一个可能，那就是上厕所时落在那里了。下车上厕所时，我还接了个电话。因为上衣休闲服衣兜是斜口，且很浅，很可能滑落了。路口的防疫人员说，那你只能返回云梦县再掉头。我于是只能返回。随州所有出口都不能下，于是我又掉头，虽未到云梦县，可也跑到了安陆市。这一来一往便

是 260 千米。天哪，这等于又从武汉市跑了一趟枣阳市。好在上厕所的地方方位很明确，车一到，我一眼便看到手机躺在护栏外树林草地的斜坡上。因为是草地，所以手机落下时没有声响。

呜呼，是无意中的意念帮了我的忙哟。要是当时随便在路边找个地方方便，福银高速那一段，路景大抵差不多，一截一截地驻车找下去，天哪，什么时间是个头哟，何况良久占用应急车道，也不是好玩的。

我于无意中丢了手机，却有意选择了上厕所的位置；无意间的一个念想，为有意寻找手机提供了条件。虽然下午快两点时，我才回到枣阳市，可幸运的是，手机能失而复得。

当下如果丢了手机，麻烦可就大了。不但钱"在里面"，朋友圈"在里面"，照片"在里面"，而且是在疫情期间，没手机便越发寸步难行了。

鱼与熊掌

　　两全其美是一种理想。成事时能一举几得，不是常态。良药苦口利于病，是药就有三分毒。

　　鱼与熊掌，不可兼得。唐太宗玄武门之变前夕，曾有一番激烈的思想斗争。面对最高权力的争夺，道路其实只有两条。前进一步，君临天下；退后一步，功败垂成。成则王侯败则寇的魔咒，法力无边。于是他选择了武力夺取政权。动武，就要流血，就要损伤骨肉亲情。这是血腥的两难选择。宋初宰相赵普，在情势面前，不得不将赵匡胤之母的临终遗言披露于世，违背了自己先前的意愿，于是才有了赵光义继承皇位之后自己的政治生涯，这是义利上的两难选择。

　　鱼与熊掌有时也可以兼得。春秋时越国大夫范蠡，协同文种帮助勾践卧薪尝胆兴越灭吴，功成身退，与西施泛舟五湖，经商遂成当世巨贾，后世称为"陶朱公"，被奉为商业鼻祖。范蠡忠以报国，智以保身，商以致富，名驰古今。而文种不听范蠡的劝告，终取其祸。汉初三杰之张良，被刘邦称为"运筹策帷帐之中，决胜于千里之外"的奇才，功成不恋富贵，跟随赤松子云游四海，徜徉于山水之间。而三杰中的另一位韩信，由王而侯，以至于被汉朝取了性命。

　　孟子在《鱼我所欲也》中曰："鱼，我所欲也，熊掌，亦我所欲也；二者不可得兼，舍鱼而取熊掌者也。"他本意是在强调，面对两个相悖的欲望，假若二者不可兼得，人们该如何去选择和取舍。孟子用一个例子，表明了自己的观点："生，亦我所欲也，义，亦我所欲也。二者不可得兼，舍生而取义者也。"他还解释了为什么这样取舍："生亦我所欲，所欲有甚于生者，故不为苟得也。"

在实际生活中，我们时常会面临许多不可回避的选择：今天有两件事情要做，可是时间冲突，只能选择做一件事，于是两者相较，利好取其重。今天有两件必然的损失无法避免，那么面对弊害取其轻。要想身体健康，就会失去一些生活乐趣。有抽烟习惯的，得戒掉或者少抽；嗜酒的，尽量少喝或者不喝。喜欢久坐打牌的，也需要节制。

可有时候，轻重也难衡量，因为在进行过程中会有许多变量。这些变量是灵活因素。当年赵国接收了韩国许给秦国的上党，看似得鱼，结果引发长平之战。长平之战预期如何？不过胜、败、和三种局面。过程中的许多因素，促成战争结局的变化。变数，是历史上许多事件于后人看来很遗憾、很可惜，甚至很可笑的原因所在。赵国接手上党，是守株待兔般的收获，却因这个直接原因，导致国家衰败。

原则性与灵活性

原则是规矩，灵活是变通。没有规矩不成方圆，没有方圆就没有原则。原则是框架，是主干。但原则有边界，有边界便有模糊区间，有模糊区间便需要灵活对待。灵活，就是我们常说的具体问题具体分析，要具体应对，实事求是。原则是合理化现象；原则性则是坚持合理化基本底线的一种自觉。

所谓大事不糊涂，小事讲谦让，处事视情况变化和环境异同，在不背离原则立场的基础上，采用适当的方法，是原则性与灵活性的精髓。灵活，其实是个方法问题。没有原则，就会失去规范。没有灵活性，就会陷入教条主义，就会失去情商和温度。

水不烧开不宜喝，烧开后依然久烧的水也不宜饮用。做事不到位不行，过了也不行。过犹不及，殊途同归。有些事做过头了会适得其反。譬如小便，憋久了反倒尿不出来。清人赵藩为成都武侯祠撰联："能攻心则反侧自消，自古知兵非好战；不审势即宽严皆误，后来治蜀要深思。"原则性与灵活性是一片树叶的两面。诸葛亮在刚入蜀时对旧官僚宽仁，在对待孟获的问题上以攻心为上，还有空城计，是他灵活性的表现。而一生唯谨慎及挥泪斩马谡，则是原则性的表达。

原则性与灵活性，是每个人都应掌握、在实际行为中需要或必

须运用的思维方法。对他人宽一些，对自己严一些。为人处世有宽容心，善于谅解他人，不斤斤计较。原则问题不能动摇，模糊区间宜灵活行事。

远近

〜〜〜

尺有所短，寸有所长，这是长与短在不同环境下的对比关系。人类探索太空，一万里不算远；即使是月亮，离我们也不过约为38万千米。而制作芯片，一毫米也长，现在的台积电、三星已经进入5纳米芯片制造阶段，3纳米制程也有了明确布局。

项橐难孔子，问孔子是早晨的太阳离我们近，还是中午的太阳离我们近呢？早晨太阳不热，看起来却很大；中午的太阳看起来小，却让人感觉很热。这个问题，连孔子一时也答不上来。身外有高人，于是孔子拜这个小孩为师。确实，地球上离太阳最近的应当是喜马拉雅山，而在山上，即使在酷暑三伏天，温度也在零下。地球上离太阳较远的地方，譬如吐鲁番，那里有火焰山，夏天的温度常常很高。

《增广贤文》中说："穷在闹市无人问，富在深山有远亲。"人与人感情亲近，才是真正的亲近。血缘关系够亲的，可是唐太宗无奈发起了玄武门之变。"斧声烛影"，传说赵光义弑兄篡位，成为宋太宗。建文帝逼朱棣太甚，于是发生了靖难之役。史上因为江山之争，多少亲人展开你死我活的斗争？武则天欲当女皇，杀了多少李氏宗亲，可她却是李家的媳妇。就连她儿子，也被发配到边远的房陵。再说平民，骨肉反目为仇的例子，不在少数。据报道，2023年6月23日，辽宁省大连庄河市一村子发生凶杀案，一位农民凌晨时将其哥哥一家六口杀害！亲人要是结起仇来，远比素不相识的人之间的争斗更为惨烈。呜呼，这是人性的弱点吗？可是，世上更多的还是亲情血浓于水的例证。打虎需要亲兄弟，上阵还看父子兵。民族英雄杨敬业，父子驰骋沙场，一家多少人战死沙场！杨六郎破不了天门阵，儿媳妇穆桂英身怀六甲挂帅上阵破敌。后来杨家没了男儿，杨门女将也还是将侵略者打得闻风丧胆。还有董永卖身葬父，花木兰女扮男装代父从军。天下太大，远近亲疏的例子，到处都可以找到。

王勃有诗云："海内存知己，天涯若比邻。"而今的人们住在楼里，虽然门对门，住若干年也许没说上一句话。许多人不是不想邻里间热络，一是习惯如此，二是多一事不如少一事，三是各忙各的。门一开走了，门一关宅了，大多数人确实很难相遇，即使遇到了，或故意装糊涂，何况邻居经常易主，不知道什么时间，对门就换了新主人。因此，虽然两家只隔一堵墙，这墙却是一道鸿沟，虽近犹远。

古语道："人无远虑，必有近忧。"不看清方向，只顾走路，就可能出错。《增广贤文》中说："闲时不烧香，急时抱佛脚。""幸生太平无事日，恐防年老不多时。"也就是说，人要有长远眼光，无事之时防有事。这就是"凡事预则立，不预则废"的道理。有人说"但行好事，莫问前程"，这只是一种策略。也许这种态度本就是一种远虑的表达。又有人道："既要埋头拉车，又要抬头看路。"现在人不拉车，是车拉人，速度快，方向稍有偏差，就会相去千里。开车行路，方向最重要，速度次之。方向对且稳妥安全，才是正好的速度。不怕慢，就怕站，更怕方向弄反了。方向出错，南辕北辙。即使方向对了，还要谨防跑偏。没有目标的行为，结果不会有太大的意义。不把握未来方向，多半事倍功半。那些短视的人，为了利益，利令智昏，"身后有余忘缩手，眼前无路想回头"，可想起回头是岸，却已难以抽身。看看那些贪腐千万、上亿元资产的有权人，东窗事发，丢了名节，坏了名声，最终落得人财两空。

王阳明十一岁时问老师："人生的终极价值是什么？"老师说："当然是读好书做大官啊。"而王阳明却说："读书是为了做圣贤。"立志如是，王阳明安有不致远乎？"仰望星空，脚踏实地"，这句话很形象地表达了当下与长远的关系。眼下是红灯，绿灯还会远吗？而行进途中一路绿灯，也许红灯就在前面。先知与后悔，总是交织在一起。唐明皇因杨国忠错逼哥舒翰，以致兵败，潼关失守，不得已狼狈出蜀，那时的悔恨之意肯定无与伦比。马嵬坡上的无奈和痛恨又有什么用呢？《淮南子·说山训》里讲："欲致鱼者先通水，欲致鸟者先树木。"欲得开元盛世延绵久远，作为皇帝的李隆基，怎该有丝毫懈怠呢？

"人无远虑，必有近忧"与"千里之行，始于足下"，以及"一屋不扫，何以扫天下？"并不相悖，而是一个连贯的整体。好高骛远，眼前的事都干不好，怎么能干成大事？脚踏实地，可不明白踏着实地往哪里走，也是枉然。楚庄王三年不鸣，却一鸣惊人，不是因为他不鸣，而是因为他善鸣。当然，不顾眼前，也会祸在旦夕。何进不听劝，冒冒失失独自进宫，不但自身取祸，而且给朝廷带来一场灾难，让本来衰微的后汉，进一步雪上加霜。王莽想得长远，大刀阔斧搞改革，却不审时度势，弄丢了好不容易窃来的江山。在有些情境下，时下管用的，也许久远有害；久远有利的，也许眼前看不出来。譬如，20世纪八九十年代，我们提出"要想富，先修路"，当时中国勒紧裤腰带搞基础设施建设，从今日来看，我国在高铁、高速路、电网等方面，走在了世界前列。

《淮南子·说林训》中说："目见百步之外，不能自见其睫。"近，有时候是灯下黑。班固在《汉书》中说过一句很霸气的话，"明犯强汉者，虽远必诛"，看起来，远，并不是绝对的障碍。

正奇

现在运动养生有两种截然不同的见解。

清末赵藩曾撰写过一副名联："能攻心则反侧自消，从古知兵非好战，不审势即宽严皆误，后来治蜀要深思。"他以此诗来概括诸葛亮用兵、理政经验，盛赞攻心为上、用兵为下的政治策略。

"攻心"之谓"心战"，主要指运用智谋、外交、心理征服等策略，"不战而屈人之兵"。这是由孙武"伐谋""伐交"之说提升而来的。诸葛亮对叛乱的孟获采取"攻心"之术，"七擒七纵"，使其心悦诚服，从此不再生乱。而"审势"，则是说采用什么策略，都要依时势而定。《资治通鉴》中记载，诸葛亮治蜀颇尚严峻，法正劝其效法刘邦"约法三章""缓刑弛禁"，诸葛亮告诉法正，治世无论采用宽治还是严治，都要先"审势"而后确认。他指出，秦朝因刑法过苛，民怨载道，汉高祖反其道而行之，能够成功。蜀中刘璋过于软弱宽大，以至于豪族专权，所以蜀汉政权治理形势与汉初不同，必须"威之以法"，从严治蜀。从此两例，我们可以看出诸葛亮提出的"攻心"和"审势"，都要实事求是。王阳明对徐爱等学生说，他之所以不想将自己的学问写成书（指《传习录》），是因为他与诸君在不同时期箴切砥砺时说的话，都有具体的针对性，不能放之四海而皆准，若尊为成训，则会误人。圣人教人，因材施教，如医用药，因病因人因时辰而异，酌其虚实温凉、春夏秋冬、阴阳内外而增减，要在去病。若执守不变，则不可。

鬼谷子为一奇人，他的学生苏秦、张仪、孙膑、庞涓，无一不是奇人。奇能得巧，能成事，可正统治世，却又不耻这种奇门巧道。西汉史学家刘向在《说苑》中说："心如大地者明，行如绳墨者彰。"这句话说的是人心胸宽广，阔朗如大地；行动正直，似绳墨一样规矩，则无往而不利。春秋前期诸侯之间的战争，势如演习，下书约战，相约地点与时间，排兵布阵，然后一通锣鼓，胜败者各自散去。败者逃逸50步，胜者不能穷追。此所谓君子之战。而到战国时，以奇制胜则慢慢多起来。

三十六计是为奇，能打胜仗，能屈人之兵，但其中也有正邪之分。有些偷鸡摸狗的旁门左道，却是经世济民的大道明言。譬如，《孙子兵法·谋攻篇》中说："故上兵伐谋，其次伐交，其次伐兵，其下攻城。攻城之法，为不得已。"险用奇、平用正。金人周德清说："以巧为巧，其巧不足，巧拙相济，则使人不厌。"东汉文学家、政论家崔寔说："不诡行以邀名。"意思是说，有道德的人不以欺诈的行为取得虚名，也是这个道理。

刘邦暗度陈仓是为奇；魏延提出兵出子午谷，而诸葛亮不用，是为不用奇；曹操败走华容道，是为奇；诸葛亮让关公守华容道，是为不用奇。兵不厌诈是为奇，名正言顺是为正。攻守之势异，则所用之策异。法家用奇，儒家用正。奇为术，术在于实用。正为则，在于磊落。奇用一时，正管长远。正奇也是一组哲学概念。

譬如书法，中锋用笔是为正，偏锋用笔是为奇。中锋用笔千古不易，而偏锋用笔，却偶出奇妙。

智勇

打天下靠勇猛，得天下只有勇猛不行。勇猛胜得一时，却赢不得终局。楚汉相争之项羽，汉末三国乱世之吕布，隋唐演义之李元霸和宇文成都，皆盖世勇猛无人可敌者，然终不能笑到最后，胜到底。

项羽的对手是刘邦。项羽乃楚国名将项燕之后，刘邦不过是草莽一农夫而已，门第及勇烈安能比得项羽？然刘邦终成大事，关键在于他能纳取擅长运筹帷幄之张良、用兵出奇之韩信，以及治国安邦之萧何。人才为其所用，三个臭皮匠赛过诸葛亮，便无往而不胜。吕布的对手应该是曹操。曹操奸雄也，吕布匹夫耳，仅从这些来看，便知道匹夫斗不过奸雄。李元霸、宇文成都，说书人嘴上天下数一数二之勇士也。李元霸一对铁锤重达八百斤，你信否？打十八路反王那一场，他用一对铁锤杀人，如拍苍蝇，只打得尸山血海，逼得李密献上玉玺，各路反王递上降表。宇文成都为隋朝天宝将军，杨广封赐他"天下第一横勇无敌"金牌，使一条凤翅镏金镋，重达四百斤。二人可谓勇也，然而历史并不掌控在他们手里。先秦齐相晏子，是位楚人让他钻狗洞的矮矬子，身无缚鸡之力，竟用两个桃子，杀死了三个猛士。

可仅有智，便能居胜否？答案也是否定的。以史上两位著名的纸上谈兵的人物为例。一是赵国的赵括。他为名将之后，长平之战

前期，廉颇虽老，守国犹岿然不动。后来赵王用赵括代之，结果一败涂地，这才有秦人坑杀几十万赵之降兵的事故发生。二是三国时蜀国参军马谡。他是诸葛亮的重要谋士，结果首战便失街亭，贻笑大方。他们的对手白起与司马懿，也都是智勇双全的人物啊。

　　勇，是有力气；智，是知道如何用力气。

　　所以，我们常夸赞那些成功人士，称颂他们是智勇双全的人。

记恩与忘恨

恩情不能忘，忘则失人性。有恨不宜记，记或失理性。

君子之德，在忠孝仁义，也在记恩与忘怨。

忘恩负义，以怨报德，是为小人。心胸狭隘，睚眦必报，是为莽夫。

此理须从不同处说来。

施惠于人，从不挂怀；伸手相帮，视为应该；不讲条件，善发于心，源于自然，此为君子。予人于惠，不能释怀，希望回报，心不纯粹；挂情在意，若受惠者疏忽，心生不适，无益于快乐；此谓俗人。受人之恩，铭记于心，滴水之恩，涌泉相报，诚如韩信报答漂母；人之可信者也。困难时得到帮助，转身忘记，是谓忘恩；一味索求，一旦不能满足，于是反目为仇，则是负义小人。

你帮人是你的善行。被帮的人不感恩，是他浅薄。两厢各自论，君子不应因有浅薄之人而废善行。而忘恩负义之人，也须记住，不识好歹，失去信用，以后谁还帮你？

人有高义，多传佳话。管仲与鲍叔牙相交，合伙做买卖，管仲总是多拿，鲍叔牙从不计较。面对政治前途，鲍叔牙不仅不落井下石，还极力推荐管仲，使管仲不但免死，还成为国家政要。莫以为管仲才高，更高者乃是鲍叔牙之义。上海滩大佬杜月笙，临死之前将别人欠他钱的欠条全部烧掉，不想让后人向欠款人讨债。这些义举，

一般人很难做到。将很难做到的事做到，便不同凡响。

人的一生中总会也总要得到别人的帮助和关照。父母把我们养大，老师教我们学问，师傅教我们手艺，领导关怀我们成长，同事帮我们排忧解难，施恩者可以忘记，受惠者却不宜忘怀。墨子曰："无言而不信，不德而不报，投我以桃，报之以李。"鸦有反哺之义，羊有跪乳之恩。行文至此，忽记起四五年前（经查为 2019 年 12 月 19 日）的一位名为徐上平的人发了个帖子（照片上显示为张丽君）：山里村民救治了一只濒临死亡的鹰，养好伤后放行，鹰竟依依不舍，不忍离去，前后三次转身致谢后，才缓缓飞去。鸟尚如此，做人不懂得知恩图报，不如鸟矣！

再说仇，人在世上行走，总会遇到不平事，每遇不平事，便凝结于心，自己背包袱，实在于己不利。小时候，有人欺负我或我们，心中便有记恼；长大后，见识日广，觉得记恨那些人很可笑，因为他们已经不值得记恨。只要心胸足够大，哪怕遇到白眼狼，你也不会有认真的恨和势不两立的仇。

人在世间，不惦记别人，也不让别人惦记，这并不容易。人总在惦记和被惦记、忘记与被忘记之间游走。介子推随公子重耳流亡十九年，于饥寒交迫时，曾割自己腿上的肉给重耳吃。重耳回国成为晋文公，赏赐时竟忘记了介子推。忘记就忘记了呗，所以，人们用寒食祭奠这种高尚的人。

什么叫善有善报？看见人倒地上了，你赶紧去扶。也许哪一天，你倒地上了，也会有人扶。

世界上可怕的是，你把别人当朋友，而别人并没有把你当朋友。不要紧，你依然去热心地交朋友，即使你热脸贴上冷屁股，你的初心也会令你快乐。

我们要学会翻篇与清零。翻过前面的页，一切便归零。将其"格式化"后，过程将从头开始。重新进行，永远是新鲜的感受。

大小

～～～

　　什么是大？大是无极，是缥缈。什么是小？小是无极，是缥缈。所以大小同源。它们是一条纵轴上无限延伸的两个极端。我们逐渐发现了太阳系之外有银河系，银河系之外有其他星系，宇宙则是由若干个星系组成的。过去，人们发现了原子，以为发现了物质的最小单位，后来又发现了中子、质子。现在人们普遍认为，质子是物质的最小单位，这是不是定论呢？大东西无不包含着小因素，小因素才使大东西成为可能。再高大的山，也是由一块块的石头、土壤、沙砾拱起的。再高大的楼房，也是一砖一瓦垒起来的。海洋大，它是由一滴一滴水汇集而成的。小成就大，大包容小，大小于一体之中。人们的大得来源于积累，小过于泛滥，便会逐渐地酿成大失，不大得不大失是因为既有所放弛又有所收羁，该放弛的放弛，该收羁的收羁，才能够得失相宜。所以，先圣们说，君子慎其独也。独自一人时都不能有恃无恐，更何况在其他情况下呢？

　　有时候，小事会演变成大事。"协和"飞机升天而去，据说是因为一小块异物没有被排除，导致飞机坠落；还有埃塞俄比亚航空及印度尼西亚波音737同一型号机的两次坠落，都是由操控系统的疏忽造成的。哥伦比亚号航天飞机因为一块绝缘泡沫材料脱落，使左翼前缘隔热瓦受损，结果在返航途中解体爆炸。一个重大的战役因为一个错误的信息，也许会造成难以挽回的失败。在日常生活中，许多小事反而是大事，譬如管理一个单位，涉及发展全局的，一般人不太关心，而奖金发放、房子分配、用车分工，甚至表扬谁批评谁，还有上级开会的通知忘记了等，这些小事才是大事。记得春秋时晏子用二桃杀三士的故事吧？三个壮士勇猛无比，晏子却只用了两个大桃便除去了三个壮士。汉武帝时，弱水西国派使臣进贡麝香，汉武帝见只有燕子蛋这么大，样子像枣，很不高兴。后来长安流行灾疫，宫中也未幸免，汉武帝甚忧，那位使臣求见武帝，要求焚一个他进贡的麝香，结果宫中的病人即刻痊愈，长安方圆百里都能嗅到宫里散发的香气（据《博物志》）。天空洒下的小雨点，如果汇聚起来，会使江河奔流，甚至泛滥成灾。春秋时还有一个故事：鲁国季平子同郈昭伯比赛斗鸡，季平子的鸡不占上风，季平子大怒，带领兵丁侵占郈昭伯的住宅。郈昭伯也怒了，到鲁昭公那里说季平子的坏话，郈昭伯也不考虑，率兵讨伐季平子，结果郈昭伯战败而死，鲁昭公逃亡齐国。引发这场战争的，不就是一场斗鸡吗？记得中央电视台《今日说法》栏目，曾经有一个案例说的是某县机电公司的一处住房，一楼与二楼分别住着两个不同单位的住户，一楼住户不让二楼住户走楼梯，二楼住户只有在楼墙外搭一个简易的木梯，爬上爬下，可是城管部门又不答应，要求拆除。官司打到县法院，县法院说过了起诉期，不受理。到了中级人民法院，中级人民法院判可以走一楼楼梯。另一个单位不服，告到省高级人民法院，省高级人民法院又判不能走一楼楼梯。最后这宗案子又到了最高人民法院和中央电视台，至此，那一楼的住户前前后后已经爬了八个月的木梯。你说这丁点儿的事情，小不小？关羽就是因为忽视了对东吴的监视，结果白衣渡江，大意失了荆州，落得败走麦城。我们走着走着路，因为一个小坎儿没有看清，一下子扭了脚，也许带来的麻烦并不小。

古时候，有个人总想干大事业，走路想，吃饭想，日思夜想。一天，他遇见了孔子，将他的想法告诉了孔子，并向孔子请教，孔子建议他，

先每天坚持打扫他的住处与邻里相接的公共走道，这人拍着胸脯说，这太简单了，没问题。起先，他还能天天扫，后来觉得没有天天扫的必要，于是两天扫一次，三五天扫一次，再后来他觉得，这样自己多吃亏，便月余扫一次，以至于时间久了竟忘了这件事。再后来，他见到孔子并问他，自己怎么还没干上大事呢？孔子说，你连小事都不能持续干好、干下去，怎么能指望人们信赖你，将大事相托于你呢？

宋人程颢曾说："事有大小，有先后；察其小，忽其大，先其所后，后其所先，皆不可以适治。"

明人唐甄曰："一指之穴，能涸千里之河；一脔之味，能败十世之德。"

英国诗人威廉·布莱克有句名诗："一颗沙里看出一个世界，一朵野花里藏着一个天堂。"

得失

　　记得有一则猴子掰玉米的寓言故事，说的是猴子下山看到玉米稀奇，便掰了一地，最后只能拿走两个。走着走着，它又看到瓜地里的西瓜好，便丢了玉米，抱上个大西瓜。走着走着，它又看到一只小兔子跑过来，便又扔了西瓜去抓小兔子，可是没抓到，结果只好空着手回家去。另一则故事说，龟兔赛跑，龟挪动笨爪一刻不松懈地走，结果竟因为兔子的疏忽大意而得了赛跑冠军。诸葛亮满腹经略，淡泊宁静地隐居在山野之间，难道他没有想过如果没有机会，自己也许就会这样终老山林吗？司马光见风向不对，毅然辞官归隐，后来竟被请出来做了宰相。所以古语说："塞翁失马，焉知非福。"汉代的开国元勋周勃，拯危局，挽狂澜，手里托着玉玺辅佐小皇帝，率军平叛，匡扶汉室，后来老了竟有奸人诬告他图谋造反，被抓到监狱就要诛灭九族，亏得薄太后知道了消息，她劝汉文帝说，当时汉朝岌岌可危，周勃军权在握，可他一心忠于汉室，平叛保国，那时候谋取江山易如反掌，怎么会退休回到乡里，两手空空想起来谋反呢？汉文帝顿悟，认真一查，果系冤枉。要不是太后的一席话，可怜周勃一世英名及性命，不就毁于一旦了吗？这时的周勃也不知有何感想，韩信是被刘邦称赞为统军百万、战无不胜、攻无不克、自认弗如的人，贵为齐王，可终免不了被诛。朱元璋共同起事的老

伙计们，由放牛娃、长工仔一下子成为王侯将相，可为贵矣，朱元璋为了给他继位的皇儿"削去棍子上的刺"，便一一找理由把他们宰杀干净。所以，人们常说："祸兮福所倚。"陶渊明、郑板桥、蒲松龄、曹雪芹要不是有所失，哪会有那么辉煌的成就呢！

相传玄奘法师还是个小和尚的时候，从寺院到市镇有两条路，一条平坦且近，一条路险且远，老方丈叫玄奘每天做完早课后，单独走那条险远的路去市镇背一天寺院要用的笨重日用品，回来还要开夜车读经，叫另外几个同龄的小和尚走平坦且近的路，带回一些重量轻的日用品。玄奘不解，便问方丈："为什么别人都比我自在呢？"老方丈微笑不语。第二天下半晌，当玄奘背着一袋米从后山回到寺院时，老方丈便带玄奘到寺院前门，等到太阳将落，才见那几个小和尚回来。老方丈对那几个小和尚说："我一早叫你们去买笔墨，路又近又好走，怎么回来这么晚？"几个小和尚回道："我们一路说说笑笑，看看风景，就到这个时候了。"方丈又问玄奘，寺后那条路又远又险，你又背那么重的东西，为什么回来的反而早些呢？玄奘说，因为路远，所以我就想早去早回；因为路险，所以我走得特别小心；因为背的东西重，所以我就尽量走快。这么多年好像已经养成了习惯，心中只有目标没有道路了。老方丈听后大笑："道路平坦了，心反而不在目标上，只有在坎坷的道路上行走，才能磨炼一个人的心智呀。"玄奘后来到西天取经，历经艰险，矢志不移，与他小时候受到的历练密切相关。

人们长期在一起生活，许多磕磕绊绊都是所谓得失引起的。人家比我进步快了，人家有成绩了，人家受表扬当模范了，便心生妒忌，觉得他并不一定如我。我们也常常和人家比，和人家比有钱、有权，这是有些人思想不平衡的原因。一个人的能力和素质可以用三维图表示，即长 × 宽 × 高，长是目光的远近，宽是知识面的宽窄，高是品位高低。如果我们能力强，就要到实际工作中去展现，那就能干出成果来。有些人总是喜欢与他人做比较，觉得这也不满足，那也不满意，但是，什么是满足？足与不足只是一种感受。我们拥有得越多，对不足的感觉就越强烈。济公一只破扇、一双破鞋、一身破袈裟，便善行满天下。和珅富甲天下，又留下多少财富、多少唾骂？所以郑板桥说，儿女胜过我，要钱干什么；儿女不如我，要钱又如何？一方面，我们要感觉到不足，要感觉到工作上、事业上、知识上的不满足，以增强进取精神；另一方面，我们要知足常乐，知道满足才会获得经常的快乐。常乐是指常常拥有快乐，而不是间断地拥有它。不以物喜，不以己悲，不以得喜，不以失悲，顺不傲物，逆不损志，任何状态都能泰然处之，任何环境都能拥抱快乐，这才是一种健康的心态，是一种崇高的精神享受。我们要把握正确的比较方法，不能只比所得，不比条件。有的人在衡量某一件事时，总要先权衡自己的得失，总为眼前的利益所左右，不知道得在失中，失从得来。只处处想着自己，眼睛盯着自己，这样必有大失。人的得失在于自我调节，在于心态感受。我们应当注重生命质量的提高，不要为眼前一时的浮华东西所迷惑。见路边的树叶便拾，见一点好处就上，一生就不会有大收益。占小便宜吃大亏，这是常人常常爱犯的错误。刀可以用来杀人，也可以用来自杀；药可以治病，也可以致死；得可以有收益，也可以有损失。野外有个未爆炸的炸弹，你把它抱回去，这是得还是失呢？

有无

　　"有无"这一对看似简单的概念，却蕴含着深刻的哲理与智慧。"无"并非一无所有，"有"也未必能涵盖一切，两者有着微妙而又紧密的联系。

　　从哲学的角度来看，"无"是一种潜在的存在，是事物未显现的状态。它如同一张空白的画布，等待着被赋予意义和形态。而"有"则是"无"的显现和实现，是从潜在到现实的转化。"无"中蕴含着"有"的可能性，"有"也离不开"无"的背景和依托。

　　"有"的状态是具体的、明确的，我们可以感知和触摸到它的存在。它是物质丰富性的表现。然而，"有"往往伴随着局限性和束缚性。我们过于执着"有"时，就可能陷入狭隘的思维和局限的视野，无法展望更广阔的可能性。

　　与之相对的"无"，则代表着无限的可能性、自由和空灵。它是一种超越物质和形式的境界，是思维的拓展源泉。在"无"的状态中，我们可以摆脱束缚，放飞想象，探索未知。正如康熙皇帝所言："凡人于无事之时，常如有事而防范其未然，则自然事不生。若有事之时，却如无事，以定其虑，则其事亦自然消失矣。"这里的"无事"并非真正的无事，而是一种对潜在危机的预见和防范，是在"无"中寻找"有"的智慧。

在历史的长河中，我们可以看到许多关于"有无"的例证。比如，古代的道家思想强调"无为而治"，并不是不作为，而是不刻意去追求和干预，顺应自然的规律，让事物自然而然地发展。这种"无为"看似是"无"的体现，实则蕴含着对"有"的深刻理解和把握。在不刻意为之的情况下，我们可以让社会和自然达到一种和谐的状态。

再看艺术领域，绘画中的留白就是一种典型的"无"。画家通过巧妙地运用空白，给观者留下想象的空间，让画面更具韵味和意境。这种"无"并非空洞无物，而是与"有"相互映衬，共同构成了艺术的魅力。同样，文学作品中的"留白"也能让读者在阅读中发挥想象，丰富作品的内涵。

在科技发展的历程中，"无"也起到了重要的推动作用。许多伟大的发明和创新往往源于对"无"的探索和想象。科学家们敢于突破现有的认知和局限，在"无"的领域中寻找新的可能性。例如，爱因斯坦提出相对论时，就是在挑战传统的观念，探索未知的"无"。

在个人的成长和发展中，"有无"的关系同样重要。我们常常面临选择和决策，有时候需要放下已有的东西，勇敢地迈向"无"的未知领域。这需要勇气和智慧，因为我们不知道在"无"中会遇到什么，但正是这种不确定性带来了成长和进步的机会。同时，我们也要学会在"有"的成就和荣誉面前保持清醒，不被其束缚，不断追求更高的境界。

在现实生活中，人们往往容易陷入对"有"的执着和追求中。我们追求物质的丰富、地位的提升、名誉的获得，却往往忽略了"无"的价值。我们害怕失去"有"，进入"无"的状态，以至于失去了探索和创新的勇气。这种对"有"的过度依赖，可能会导致我们陷入僵化和停滞。

相反，只有真正理解和接纳"无"，我们才能更好地把握"有"。"无"让我们看到事物的另一面，让我们保持谦逊和敬畏之心。它提醒我们，不要被眼前的"有"所迷惑，要不断地去探索和发现新的可能性。

　　"有无"之间的辩证关系是动态的、可以相互转化的。当"有"积累到一定程度时，我们需要适时地进入"无"的状态，进行反思和调整。而从"无"到"有"的过程，则是创造和实现的过程。只有在"有无"之间不断转换和平衡，我们才能在生活中获得真正的智慧和幸福。

　　总的来说，"有无"是一对相互依存、相互转化的概念。"有"不能包含"无"，而"无"却可能包含着"有"。理解和把握"有无"之关系，对于我们认识世界、发展自我具有重要意义。让我们在"有无"之间，用智慧和勇气去探索、创造，书写自己的精彩人生。

立场与角度

立场取决于角度。同样一件事，如果立场与角度不同，得出的结论就不同。

三打白骨精后，孙悟空坚持自己打的是对的，唐僧却痛斥孙猴子误杀好人，将他从身边赶走。孙悟空认为自己是对的，是因为他知道白骨精三变是妖精所变；唐僧认为自己是对的，是因为他看到孙悟空打死的明明是人。

角度有时候比距离更重要，从什么角度看问题，就会得出什么结论。角度影响立场，角度改变立场。对同样一件事的不同看法可以窥见不同立场。苏东坡曰："目有昧则视白为黑，心有蔽则以薄为厚。"

东西方都有预测术。可西方是悲观的，譬如人类灭亡、神灵护佑等言论；东方是乐观的，譬如女娲补天、精卫填海等神话传说。

《增广贤文》一书传播甚广，内容多为经典俚语、格言，且多为正反义。正说反说都对，为什么？因为看问题的角度不同。譬如，关于财富的格言有"贫居闹市无人问，富在深山有远亲""不信但看筵中酒，杯杯先劝有钱人""人为财死，鸟为食亡""闹市挣钱，静处安身"等，它们说的是，人要拥有财富。而"求财恨不多，财多害自己""黄金未为贵，安乐值钱多""富贵多忧，贫穷自在"，说的又是财多为害，财多无用。再譬如，关于互助方面的格言有"在家靠父母，出门靠朋友""有茶有酒多兄弟，急难何曾见一人？"等，前面说人要广交朋友，后面则说交友无用。怎么解释得体，要看人处于什么情况，站在什么角度。不同人从不同的角度出发，都能找到自己认可的格言。同一人在不同的时候也会需要意义完全相反的格言。于是，《增广贤文》便有了广泛的认可度。

立场也有角度，是从社会角度出发，还是从自然角度出发，或者是从个人的角度出发，于是有了许多不同的结论。我们常说，要换个角度想问题。角度一换，结果便不同。"凡事预则立，不预则废""人无远虑，必有近忧"，不管从哪种角度看都受用，可有时人也会用"今朝有酒今朝醉，明日愁来明日愁"来安慰自己。圣贤爱说两来话，道理便在于此。朱熹、陆九渊在鹅湖书院论战，谁也不能说服谁，可不同的两种观念，却派生出了理学与心学。要不是各自都有各自的道理，怎么会形成学派呢？

打个比方，旧城改造是件好事，可在推进过程中，会出现许多麻烦事。搬迁原住户有何诉求？开发商又是什么态度？相关部门和周边居民有什么意见？等等，都从不同的角度出发，有自己的立场。

记得曾经在微信上看到一段话：穷人看富人，人人都是为富不仁；富人看穷人，个个都活该受穷。后来不知道什么时候，穷人有钱了，发现钱真是来之容易；富人破产了，发现没钱反而更坦然自在。

再说某国频繁发生枪击案这件事，在我们看来，禁枪不就得了？这么简单的事，可在那个国家就是行不通。社会上没有了枪支这类便捷的杀人武器，人有了怨气，不过打打架，顶多打群架而已，不至于端起枪便向人群扫射。而某国的步枪协会和政客却说，正是因为有枪击案发生，所以应当允许人们拥有枪，以便自卫。这不就形成了怪圈？这在我们看来是不是不可思议？

舍得

有款酒，名为"舍得"；虽直白，却本真；舍了钱，买了酒；得了酒，付了钱。收支平衡。够本。

猴子想变成人。变成人据说得砍掉尾巴。猴子不忍心舍弃尾巴，于是猴子没有变成人。

想成就一件事，需要舍弃一些东西。舍不得拥有的，就得不到比拥有的更好的东西。改变，或许会痛苦一阵子。不改变，也许将痛苦一辈子。

舍去了金钱，便获得了商品；舍去了时间，便获得了见识；舍去了木头、砖瓦，便盖成了房子；舍弃了恩怨，便获得了好心情。

林肯有句名言："人生是一个不断选择取舍的过程……最重要的两件事情就是善于选择和敢于放弃。许多人一生碌碌无为，就是因为舍不得放弃。敢于主动放弃，即标志着新的人生开始。"放弃是什么？放弃就是舍去。

苏东坡说："是故有所取，必有所舍；有所禁，必有所宽。"（语出《策别十七首》）

手头没钱时，付出勤奋，便有收获；身边没人时，付出金钱，人就来了；感觉孤独时，付出了爱，就会有朋友；事业平平时，付出了智慧，便可以成就事业；事业成功后有钱了，付出了善行，就会拥有快乐。

舍是一种分享，得是分享后的回报。什么也不想付出，就什么也得不到。其实，这就是投入与回报之间的关系。

你怎么对别人，别人就怎么对你；你怎么理解付出，所得便会跟进，为舍得做出注解。

《淮南子·人间训》中有个塞翁失马的故事，说的是边塞有人丢了一匹马，很是伤心，大家都来劝慰他，其父认为，说不定会因祸得福呢，过了几个月，那匹马果然带了一匹英俊的胡马回来。由失一而得二，这人一定会高兴得喜出望外。

老子说："祸兮，福之所倚；福兮，祸之所伏。"这句话也许不会立刻得到印证，但从长远的角度看，会是这样的。常人只是得福便喜，遇祸便悲，表明还是看得窄了，看得近了。

刘备冒着风雪三顾茅庐，付出了诚心及三次往返的时间，得了诸葛亮这样的天下奇才，辅佐自己天卜三分得其一。当时三顾茅庐时，关羽、张飞有些不耐烦，尤其是张飞，一时气愤，发狠话说，不如一把火烧了那个茅庐。如果刘备依他们，一而再，再后无二、三，也就没有《隆中对》，历史也许就会改写。

《淮南子·诠言训》说："唯不求利者为无害，唯不求福者为无祸。"祸福如此，舍得更是如此。

记得有一则记录，说是大山深处的农民，有一种习惯，秋收之后，留下一成的粮食长在地里，专供鸟儿吃，鸟儿成群地常驻于此，庄稼生长期间，鸟儿不断地捕食害虫，结果第二年，农民们又喜获丰收，这便是村民高明的舍得精神。

舍得，既是一种处世哲学，也是一种处世艺术。舍与得，既对立又统一，相生相克，相辅相成，存于天地人间。万事万物于舍得之中，臻于和谐，达到统一。

自我免疫与外部干预

　　三年多新冠疫情的滋扰，使人们在医疗方面长了知识。疫情是突然冒出来的。阳了之后，如果没有成熟的治疗方案，在没有特效药的前提下，痊愈主要靠启动自身的免疫能力，增强战胜病魔的自信心，再配合相关药物与食疗。那么，自我免疫力的启动和信心的增强，属于内因。所以，提升自身免疫力才是疫情防控的重要措施。还要增强自信心，防止"自限性疾病"与"共情伤害"，这一点也很重要。而药物辅助治疗，则属于外部干预。

　　人生在世，不可能拥有所谓绝对自由。这里说的绝对自由，可以简单理解为，自己想怎么着就怎么着。让一个人待在物质条件优越的岛上，他虽然没有了相关制约，想怎么说就怎么说，想怎么骂就怎么骂，但终究还是不能想怎样就怎样。想吃，还得动手；想喝，还得掬水；想走，还得动腿。由此看来，人受到的制约，主要来自三个方面：一是来自心理约束，也即自我管理；二是来自社会；三是来自自然。

　　人的内心状态是自我管理的结果；而心理健康，则是心理状态良好的前提条件。什么是心理健康？简单理解就是精神正常。有愉快的心理体验，具有自我调节情绪的能力，适应性强，乐于并善于与别人相处，不经常性地陷入纠结与郁闷。总之是两个字——正常。

智力正常，情绪正常，意志力正常，适应力正常，与人交往正常，具有健全的人格。人在社会中生活，难免会遇到各种需要面对的问题，甚至是失败与挫折，在这种情况下，我们要有自我调节的心理素质，有自省与自我安慰的能力，有适度调整目标与自我暗示的能力，有倾听与沟通及寻求帮助的能力，有感激、理解、宽容的能力，有与人为善、消除嫉恨的能力，有"车到山前必有路"的坦然面对能力。

外部干预，主要指人们在社会生活中受到的外在制约。来自社会的制约，主要包括道德层面、人际层面、管理层面、法律层面、自然环境层面几个方面。道德的底线是良心，良心告诉我们，哪些事可以做，哪些事不可以做；人际上的制约，主要表现在亲人、朋友、邻居、同事、领导的影响与牵制；管理层面的制约，主要是单位或团体的公约，也即单位与团体的规章与制度；法律上的制约，主要是人要在法律框架内进行活动，否则便是违法；而自然环境的制约，主要是物质条件上的限制。三千年前，人们想坐汽车；两千年前，人们想乘飞机；一千年前，人们想上网；一百年前，人们想飞到月球上去……可能吗？一时想吃天鹅肉，天鹅在天上飞，手里又没有工具，这就是物质条件上的限制。

人的自由，来自"不逾矩"，孔子曰："三十而立，四十而不惑，五十而知天命，六十而耳顺，七十而从心所欲，不逾矩。"这是人生正道。

外部的制约最简单，只有一条——自觉遵守。如果发现有不合理之处，则通过一定的合理方式参与纠偏即可。而最复杂的还是"自我管理"。只有自我管理机制健全，外部的适应性才能顺利生成。

自我管理最大的难点是不受诱惑，拒绝贪欲。这里的不受诱惑，专指不良诱惑；这里的拒绝贪欲，是指正常需求之外的非分欲望。古之仁人君子，多有不羡钱财、不慕富贵者，如孔子弟子颜回："一箪食，一瓢饮，在陋巷，人不堪其忧，回也不改其乐。"这样的人怎么会被电信诈骗呢？三国时的高人管宁，锄地见金，挥锄不顾。这样的人怎么会被集资诈骗呢？庄子垂钓于濮水，楚王派两个使臣请他去做官，他对两个使臣说："楚国有神龟，死后被楚王取其甲，用锦缎包裹，供于庙堂之上，对神龟来说，是被供在庙堂之上好呢？还是活在烂泥塘中好呢？"这样的庄子，怎么会被昏君杀害呢？苏东坡的母亲在家中院子树下挖出一桶银钱，竟一子不取，将它再重新埋进去。有这样的母亲，苏氏兄弟怎么会因贪腐而上断头台呢？

慎独与自省是自我管理的门户。"投豆自省"，这个典故讲的是北宋有一位名叫赵概的官员，在自己案头摆放了一个瓶子和黑白两种豆子。"起一善念，投一白豆于瓶；起一恶念，投一黑豆于瓶"，他以此来检验自己的进步与过失。起初瓶中的黑豆较多，随着时时自省、改过自新，瓶中的白豆越来越多，赵概最终以德高而闻名于世。沈尹默有一首关于写作的自律诗："自写情怀自较量，不因酬答损篇章。平生语少江湖气，怕与时流竞短长。"有了这种情怀，自我管理便上了档次。

渐变与裂变

世界充满变化。在变化的世界里，变化主要有两种形态：渐变与裂变。渐变与裂变的过程，构成了事物发展的动态画卷。

渐变是一种温和而持续的变化，如时光悄然流逝、水滴石穿等。激变是事物在漫长岁月中逐渐演变的过程，看似不引人注目，却在潜移默化中塑造一切。裂变则是一种剧烈而突然的变化，如原子弹爆炸、世界大战爆发、思想的顿悟等。它是在瞬间打破原有的平衡，带来全新的另一种局面。

变化的本质，是事物对内外环境的适应与调整。无论是渐变还是裂变，都是为了让事物更好地生存、发展，甚至毁灭。变化的分类多种多样，有自然的变化，如四季更替；有社会的变化，如制度的演进；有个人的变化，如成长与成熟。

社会的演变，譬如封建社会，在中国有两千多年。两千多年间，社会在不断地演进，当进行到一定阶段，封建社会再也无法满足社会客观发展的需要，于是爆发了辛亥革命，封建社会宣告终结。

一个人通过不断学习和积累经验，逐渐提升了自己的能力，这是渐变；而遇到难得的机会，毅然决然地抓住它，实现人生的重大转折，这就是裂变了。王阳明开始对"格物致知"百思不得其解，经过多年的苦苦深思，终于在龙场悟道，突然心地澄明，这就是渐变转化为裂变。

渐变需要有坚韧的特质，需要时间的积累和持续的演进；裂变带有刹那间的色彩，它是事物质的变化。一个人要突然改变自己，需要勇气和决断力。渐变往往在稳定的环境中发生，是事物在既定轨道上的前行；而裂变则常常在面临重大挑战或机遇时，来一场打破常规的突破。

要推动变化的发生，需要内外因共同作用。内在的觉醒和追求是变化的动力源泉，外在的刺激与挑战是变化的催化剂。我们要敏锐地感知变化的需求，勇敢地迈出改变的步伐，无论是通过渐进的积累，还是通过果断的决策。

渐变与裂变，如同一枚硬币的两面。它们相互依存，相互转化。在变化的进程中，我们既要学会顺应渐变的节奏，又要敢于在关键时刻去拥抱裂变，以适应瞬息万变的外部环境。正是在渐变与裂变的交织中，我们才能更好地理解生命的奥秘，探索未知的边界，书写属于自己的精彩。

开封

开封，这里不是指地名开封，而是指"开放与封闭"。

开放，意味着打破界限，接纳新事物，与外界交流互动，具有拓展性、包容性和创新性等特征，体现了积极进取、勇于探索的精神。开放能促进知识的传播、文化融合和经济发展。封闭是自我限制，排斥外界，固守既有模式，具有保守性、狭隘性和排他性等特征。封闭往往导致思想僵化，发展停滞不前。

开放与封闭不是绝对的，要根据具体情况具体甄别。一定程度的封闭，可以为内部提供稳定的环境；过度封闭则使思维受限，缺乏对外界的了解和兴趣，陷入故步自封的境地，导致僵化和落后。在开放状态下，人们思想活跃，勇于尝试新事物，积极与外界沟通交流与合作，有利于激发创造力；但开放在带来机遇的同时，也会带来风险、挑战和不稳定因素。在开放与封闭之间找到恰当的平衡区间，才能使开放与封闭的利益最大化。

开放的心态是积极乐观、乐于接纳不同观点和不同文化的健康心态。它促使人们在不断学习中成长，适应时代的变化。封闭的观念是一种固执己见、拒绝改变的思想倾向。"鸡犬之声相闻，民至老死，不相往来"，人们虽近在咫尺，却似远在天涯，形成封闭堡垒。它阻碍社会的进步和个人的发展，是需要克服的障碍。

　　汉唐时期，中国实行开放的对外政策，丝绸之路的繁荣使中国与世界各国广泛交流，文化、科技得到发展。清末闭关锁国，中国逐渐落后于世界潮流，处于被动挨打的境地。欧洲文艺复兴和启蒙运动，也是一场开放的运动，于是极大地推动了欧洲社会的进步与发展。

　　当今全球化时代，地球成为地球村，各国之间的联系更加紧密，相互的依存度不断提高。这就要求我们更加坚定地走开放发展之路，加强国际合作，共同应对全球性挑战。

　　作为个人，一方面，我们要有开放的心态，善于交流沟通，勇于接受新生事物，保持与时俱进；另一方面，要坚持正确的原则，守住人生的底线，不同流合污。两者结合，才是最佳选择。

理性与激情

理性与激情是人生之双翼。

理性是一种能力和自觉。什么能力？建立在客观分析基础上的冷静思考和判断能力。理性使我们能够客观看待事物，避免被情绪和偏见左右，有助于我们面对选择，特别是面对复杂情况时，能够从容分析利弊，权衡得失，选择最有利的方向和道路，从而做出正确决策。理性也是自我约束，它让我们在冲动面前保持克制，不轻易做出鲁莽决定。

激情是一种情绪状态。这种情绪是什么情绪？是人遇见外在刺激迸发出来的激越情绪。激情是感性的，是充满活力的情绪。遇事有感知，充满创造力和想象力是激情的本质。激情让我们对生活充满热爱，对梦想充满追求，激发我们的想象力与创造力，让我们更有趣，让我们富有张力，以至于在事业中展现出独特的魅力和感染力。激情是一种力量，推动我们不断向前，突破自我。

然而，如果激情失去理性的把控，就会让我们陷入盲目和冲动之中，做出不当的决策和行动，让我们不断出错。如果理性失去激情这一燃料，就会陷入桎梏，人就无法跳出刻板、老套、无趣的窠臼，失去探索的机会与不竭的创造力。

把控激情与理性的边界是一项技能，关键是要明确自己的主要目标和首要任务。只有清楚地知道自己想要什么，才能在激情与理性之间找到平衡。目标是一座灯塔，是照亮前行的方向，使我们不至于在激情的驱使下迷失方向，在理性的桎梏中失去动力。保持冷静，关键时刻能够控制情绪，不让一时的冲动影响判断；也不因为理性的过度"暗示"，该说的时候不表达，该做的时候不行动。合理把控激情与理性，平衡二者，使之形成最佳配置，需要在实践和学习中积累经验。

项羽当年破釜沉舟，背水一战，需要多么豪迈的激情！然而这种豪迈的激情，又是建立在对战场形势的理性分析之上。晏婴是将相的楷模，他在治国理政方面，以理性和智慧处理各种复杂关系，面对不同的人，能够准确把握他们的心理和性格，处事不感情用事，恰到好处，赢得了时人的敬重与信任。李白的诗歌充满激情，他以豪放洒脱的笔触抒发锦绣篇章，激情的背后是丰富的学识与深刻的理性洞察在做支撑。王羲之的书法，激情与理性兼备。他在挥毫泼墨时，既充满了创造力，又理性地控制着笔法和结构。他的书法作品不仅展现出艺术魅力，也体现出理性与激情的完美融合。

事实告诉我们，激情赋予人们动力和热情，理性令我们更具深度和内涵。二者平衡是个动态的过程，在不同情境中，激情与理性"适时出场"，我们的决策便可能百无一失。只有两者有机结合，我们才能在面对挑战时，既能凭借激情一往无前，又能用理性把握尺度。理性引导激情，激情点燃理性，二者保持平衡，便能充分发挥潜力，实现人生价值最大化。

偶然与必然

　　偶然与必然，编织着人间及人生丰富多彩的故事。偶然与必然紧密相连，互为因果，展现的是一种辩证关系。偶然看似突如其来，必然却隐藏其后，偶然蕴于必然之中。

　　卤水点豆腐，相传由淮南王刘安炼丹时偶然发现。他无意中将盐卤滴进豆浆中，豆浆瞬间凝结，变成了白嫩细腻的豆腐。这一发现广为流传，成就了经典的卤水点豆腐工艺。卤水与豆浆的相遇看似偶然，然而这一发现，却成为必然且客观的存在，令人不得不感叹它的奇妙。

　　凉面也称"过水面"，传说由武则天创制。武则天未入宫之前，一次吃面不小心烫伤了嘴，于是研究出凉面这种新吃法。无独有偶，王昭君因和亲远嫁匈奴，饮品是带去的茶，匈奴王呼韩邪单于喝的是羊奶。有一天，呼韩邪单于好奇地喝了一口王昭君的茶，觉得太涩，便让王昭君尝一尝他喝的羊奶，昭君也表示喝不惯。这时，王昭君突然灵机一动，把茶水和羊奶倒在一起，两人一起品尝后，觉得口感极佳，于是就有了奶茶这种饮料。后来经过进一步改良加工，奶茶就成了匈奴人日常生活中必不可少的饮品。武则天与王昭君的创意，虽起于"灵机一动"的偶然，却包含了面食与奶茶能够"那样做"的必然。

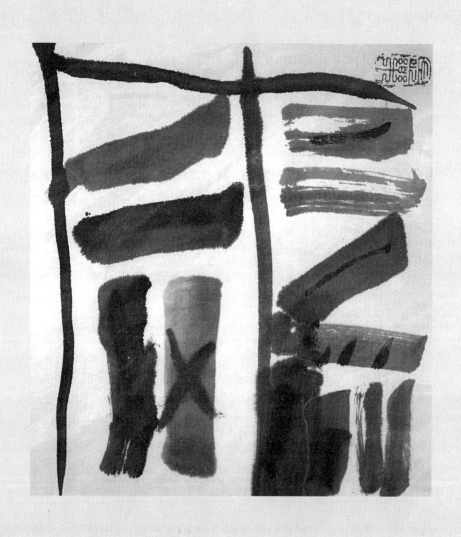

毕昇发明活字印刷术，据说是因为看见孩子们用泥巴做锅碗、桌椅而受到启发，不料竟诞生了中国古代四大发明之一。相传蒙恬戍边打猎，捕获了几只野兔，便将其系于马尾，兔子的尾巴淌着血水，在地上留下曲折印迹，蒙恬突发奇想，将兔子的尾巴毛插在竹管上当笔用，几经试验，最终成功了，于是毛笔出现了。他们二人的创造，看似偶然，实则基于人们对印刷设备和书写工具的需求和渴望，这是人类智慧和实践的必然结果。若不是毕昇与蒙恬，以后仍然会有后人发现，譬如仓颉造字，即便不是仓颉，也必另有他人。

　　王阳明于龙场顿悟，是思想成果从必然思考到偶然发现的例证。他于明武宗正德元年（1506 年），因反对宦官刘瑾而被贬至贵州龙场（今贵阳市修文县境内）当驿丞。在安静、困苦且孤独的环境里，王阳明结合多年对格物致知的思考，突然在一个风雨交加的夜晚获得顿悟：人心才是感应万事万物的根本，由此提出"心即理"的思想，深刻领悟到"圣人之道，吾性自足，向之求理于事物者，误也"。何谓"圣人之道"？他认为就是良知。判断事情的是非对错，良知是标准，而不是外在事物。

　　老子曰："祸兮，福之所倚；福兮，祸之所伏。"无论是卤水点豆腐的奇妙、武则天的凉面创意、王昭君的奶茶奉献、蒙恬笔的发明、毕昇印刷术的创新，还是王阳明的思想顿悟，都告诉我们，偶然与必然相互关联、相互依存。在实际生活中，我们常常会遇到各种偶然的事件和机遇，可能会给我们带来惊喜和改变，但终归与我们的努力、充分的准备和必然规律性紧密相关。偶然是生活中的意外之喜，必然是生活中的坚实基石。只有深刻理解二者的关系，才能在偶然中发现机遇，在必然中坚定前行。面对偶然时，要保持敏锐的洞察力，善于抓住机会，将偶然转化为契机，实现事业的不断升级。

清零与重建

　　清零，犹如将硬盘格式化，将自己脑海中过去的积存清理归零，让贮存重新开始。归零是一种清理，贮存是一种重建。这一过程表现为一种心理行为，是人生智慧的表达。当然，清理大脑不等于对硬盘进行格式化。如果完全清零，今天忘记昨天的一切，大概是得了健忘症。这里说的清零，更像是删除。正常人对脑海中的贮存物的删除，总是有选择的。有选择地删除那些负能量的东西，让心理垃圾不断地扫地出门，使心灵的天空永远清朗明快。

　　就像我们清理自己的案头。如果案头堆积如山，就会有杂乱的负重感。使案头干净就要归类：把不用的资料丢掉，将以后可能还会用的资料封存备查，把要处理的事务处理干净。于是，人就会一直保持轻松快乐。所以，要实现清零，必须明确什么才是被清理的对象。人不同，人的审美不同，人的价值观不同，对清理对象的认识也不同。清理脑海中的贮存物，清理工具一般有三种：一种是自然清理，一种是理性清理，一种是强制清理。从狭义上讲，我们所说的清理，主要是指理性清理那部分。这部分清理才是"人与人不同的那一部分"，是助推人生飞跃的最有效的那一部分清理。清零的目的是实现自我提升和成长。放下过去的包袱，能让我们更轻松地面对未来。

人不可能将一切经历都永久保留。儿时背一千首诗，老了还能顺溜倒背，世上少有。这一类属自然清理，你想保留也保留不了。有些不该记取的，却总在心头挥之不去，结果派生出负面情绪，影响心理健康。所以，甄别清理对象，知道应该清理哪些东西，这是第一步；明确了清理对象，能理智地、轻松地、自然而然地清理干净，这是更重要的一步。

一般来说，清理对象主要但并不完全包括过去的失败、错误认知、负面情绪、不良习惯等。有些也不尽然，譬如过去的失败，哪些部分需要清理，哪些部分需要保留，也不可一概而论。清零并不意味着完全否定。我们可以从过去的教训中吸取经验，总结得失，去伪存真，保留积极的那部分，并将其转化为重建的动力和智慧。

采取实际行动清零（这里的清零，就接近清理了，下同），需要勇气和决心，还需要养成不断清零的好习惯。大脑的容量是有限的，旧的垃圾不去掉，新鲜东西就难以装进来。通过持续清零，我们才能轻松无负担。清零与重建密切相关。清零是为了给重建铺平道路，为贮存新的认知提供新的空间。在清零的基础上，我们可以重新开始，翻去旧的一页，重新规划目标，制订计划，定义未来，创立新的篇章。

在人生的道路上，清零与重建是一个不断循环的过程。我们只有时刻保持敏锐的洞察力，及时发现需要清零的那部分，并勇敢地去清理，才能更好地迈出重建的步伐，更好地前进，开启充满希望和可能性的新征程。

事前事中事后

我们做一件事情，总具有事前、事中、事后的过程。事前的准备、事中的应对、事后的总结，它们像一条贯穿始终的线，编织着我们的经历和成长。"凡事预则立，不预则废"，做事前要有计划，有预案；事中随事态变化灵活调整；事后要有相应的总结与反思。这一过程是完成一件事的必经途径。

事前的计划与预案是成功的基石。它如同建筑师在动工前绘制蓝图，为做事指引方向。诸葛亮提出"隆中对"是一个经典案例。在刘备三顾茅庐前，诸葛亮对天下大势已经进行了深入分析和思考，为刘备制订了夺取荆州、益州，进而图谋中原的战略规划。正是这份精心计划，为刘备集团的发展奠定了坚实的基础。战国七雄时代，秦为统一六国进行了系列准备和谋划。任用商鞅进行变法，加强国家实力和制度建设；推行军功爵制，激发士兵的斗志；修建驰道，加强各地的联系。这些事前的准备工作，为秦国的统一大业提供了保障。

事中的变化与调整是对计划的检验和完善。世事充满变数，计划往往赶不上变化。根据实际情况及时调整策略，是应对挑战的关键。在赤壁之战中，孙刘联军面对曹操的强大兵力，虽有计划，但没有拘泥于既定计划，而是根据北方军队不熟悉水战的特点，由庞统献上连环计，由蒋干试探军情使用反间计，利用曹操求胜心切献上黄盖的苦肉计，由冬天偶然会有东南风而采用火攻计，最终取得以少胜多的辉煌胜利。安史之乱初期，唐朝措手不及，之后逐渐调整策略，重用郭子仪等将领，终平息叛乱，维护了国家的稳定。这种在事中根据形势变化适时做出的调整，体现出应对危机的智慧和能力。

事后总结是从实践中吸取经验教训的重要环节。"事后诸葛亮"既有贬义也有褒义。唐太宗李世民就是一位既善于事前谋划，又善于事后总结的明君。他以史为鉴，虚心纳谏，不断改进治国方法，开创贞观之治的盛世局面。明朝的郑和下西洋则是中国古代航海史上的壮举。

说来也怪，一些人三伏天从暴晒处来到阴凉地，凉快了，却会大叫一声"好热"；从三九严寒的野外，来到温暖的室内，却会大叫一声"好冷"。痛快地睡上一晚上，早晨起来打个大呵欠，伸个懒腰说"好困"；劳作一天无声无息，天黑到家歇息时，大叫一声"好累"。一件事情办成了之后，便叫嚷"好难呀，好险呀，好悬呀"。人生常常在"倒叙"中，才觉得有意思。事前事中事后也具有这种况味。

在现代社会中，事前事中事后的系统思维同样具有重要意义。企业在制定发展战略时，需要充分考虑市场变化和竞争对手的情况，制订出切实可行的计划；在实施过程中，要根据情况变动及时调整策略；在项目结束后，要进行认真总结和评估，为未来发展积累经验。

个人在追求梦想的道路上，也需要运用事前事中事后系统思维，明确目标和计划；过程中要不断调整方法和节奏；实现目标后要总结经验和不足。事前事中事后是一个有机的整体，相互关联，相互影响。将三个环节紧密结合，以事前的精心准备为起点，以事中的灵活应对为过程，以事后的认真总结为终点，这样我们才能更好地扬帆前行。

创造与破坏

在人类社会发展进程中，创造与破坏是孪生兄弟。

创造带来进步与繁荣。破坏则有两种性质不同的破坏：一种破坏如战争，带来的是毁灭，这是一种恶性破坏；一种破坏是因为新生事物的诞生，由此带来更新与淘汰。这里讨论的破坏，主要就后一种破坏而言。从这一意义上讲，创造与破坏在不经意间重塑着世界。

从远古时代的石器工具到现代的高科技产品，人类的每一次创造都是对未知领域的探索和突破。电脑无疑是一项伟大的发明创造，它为人们的生活和工作带来极大的便利，开启了信息时代。然而正如硬币的两面，随之而来的是病毒和黑客的威胁，还有对原有书写及信息传递体系的破坏。

新产品的不断涌现往往意味着老产品的淘汰，这是市场竞争的必然结果。塑料的发明为人们的生活带来了诸多便利，却也带来了环境污染问题；农药的使用提高了农作物产量，却对生态环境造成破坏；火药的发明推动了军事技术的发展，却也带来了战争灾难的升级。新观念的产生也是对旧观念的一种挑战和否定。人类对自然界的认识，经历了从神话到科学的漫长历程，每一次新的发现都试图打破旧有观念，推动人们对世界产生新的认知。这种破坏，实际上是在不断地修正和完善我们的认知体系。

在城市建设中，道路与设施的建设和房屋拆迁也是创造与破坏的体现。为了满足城市发展的需要，我们不得不拆除一些旧建筑，建设新的基础设施，这会带来一定的破坏，但也是一种无奈。"不破不立"，打破旧有的东西，新东西才有可能被创造出来。

改革也是典型的创造与破坏的过程。社会制度的改革往往伴随着旧体制的打破和新秩序的建立。这需要人们有勇气去面对破坏带来的阵痛，同时也要坚定地相信，创造会带来新的希望和机遇。

在历史的长河中，我们见证了无数创造与破坏。古埃及的金字塔是人类建筑史上的奇迹，是杰作，但为了建造它们，付出了巨大的人力和物力，这是一种破坏。工业革命带来了生产力的巨大提升，推动了社会的快速发展，但同时也带来严重的环境污染和资源短缺。

在科技领域，每一次创新都伴随着风险和挑战。人工智能的发展让我们看到了未来有无限可能，但也引发了人们对失业、伦理等问题的担忧。基因编辑技术的突破，为人们治疗疾病带来了希望，但也引发了对基因改造的伦理争议。这些都是创造与破坏并存的例子。

在文化领域，新的艺术形式和思潮的出现，往往会打破旧传统的观念和审美标准。现代主义艺术的兴起，挑战古典艺术的权威，为艺术的发展开辟了新的道路。但这种创新也会让人感到不适应和困惑，这是文化创造过程中的破坏。

我们的内心世界，也存在着创造与破坏的辩证关系。如果我们对一个人怀有敬仰之情，而有一天突然发现，他的真实面目并非如此，这无疑对我们的内心世界是一种破坏。这种破坏有时候会让我们感到失望和痛苦，也让我们更加深刻地认识到人性的复杂和多元。

我们也要看到，创造与破坏并不是绝对的，它们在一定条件下可以相互转化。看似破坏的行为，可能在未来带来新的创造；而一些看似完美的创造，也可能在不经意间埋下破坏的种子。在面对创造与破坏时，我们需要有长远的眼光和全局思维，不能仅仅看到眼

前的利益和得失，更要从长远的角度思考问题，权衡利弊，只有这样，我们才能在创造与破坏的动态平衡中找到最佳平衡点。

从更宏观的角度来看，创造与破坏也是宇宙运行的基本法则。星辰的诞生与毁灭、星系的形成与演化，都诠释着创造与破坏的永恒律动。在宇宙大舞台上，人虽然只是渺小的存在，但每一次创造与破坏，都被纳入宇宙的演化进程。我们不能因为害怕破坏而停止创造的步伐。创造是人类进步的动力源泉，没有创造，我们就无法前进。当然，我们要学会在破坏中寻找机遇，在挫折中吸取教训，让破坏成为推动创造的动力。

总之，创造与破坏是相互交织、不可分割的。它们既是矛盾的对立统一体，也是推动人类社会发展的两股力量。我们应该以积极的态度面对创造与破坏，在创造中寻求突破，在破坏中寻找机遇，推动世界在创造与破坏的交织过程中前进。

判断与选择（二）

　　在人类社会及个人发展的进程中，判断与选择贯穿方方面面、时时刻刻。判断的准确性和选择的正确性，关系当下与未来。

　　判断是人类的思维活动，是对事物的性质、状况、发展趋势等进行分析、辨别和判定的过程。它基于我们已有的知识、经验、价值观等因素，对各种信息进行综合考量后得出结论。判断的本质在于对事物的认知和理解，它反映了我们对世界的看法和态度。从认知心理学的角度来看，判断的形成往往受到多种因素的影响，如感觉、知觉、记忆、经验、思维及他人的意见等。由于自身认知的局限性、情感及环境变化等因素，判断会出现偏差或失误。因此，提高判断的准确性需要我们不断拓宽自己的认知边界，克服自身的局限性，保持客观、冷静的态度。

　　选择是在判断的基础上进行的决策行为，是对不同可能性的取舍，是我们根据自己的目标、需求、价值观等因素，在众多选项中做出的决定。选择的本质是决策，是对未来的规划和预期，体现着我们对自身利益和发展的追求。选择的过程往往充满不确定性和风险，这是因为未来和外在是动态的、变化的，我们无法准确预测未来发展变化的趋势。然而，正是因为这种不确定的风险，使得选择具有挑战性和特别重要的意义。每一次选择都是一次机会，也是一

次考验，可能带来成功和幸福，也可能带来失败和痛苦。

判断与选择相互关联，相互影响。判断是选择的前提和基础，准确地判断，有利于做出正确的选择；而选择则是判断的体现和结果，它进一步验证了判断的正确与否，同时反过来也影响判断。我们在做出选择并产生一定的效果后，总会根据实际效果，对自己的判断进行总结、反思和调整。

在实际生活中，要想使判断正确、选择不失误，一是要不断学习，积累知识和经验，以更好地理解事物的本质和规律。二是要独立思考，培养批判性思维，不盲目从众，不轻易相信未经证实的信息，学会从不同的角度综合分析，敢于质疑和挑战传统观念，避免被他人的思想和观点左右。三是要保持客观和冷静的态度，不受情绪、偏见等因素的影响，学会控制自己的情绪，以理性的思维分析问题，避免因一时冲动做出错误的判断和选择。四是充分考虑各相关因素和可能性，将选择与判断放在动态过程去考量，对不同的选择方案进行全面评估和比较，权衡利弊，做出最有利的选择。五是善于倾听他人的意见和建议，他人的意见和建议可以为我们提供不同的视角和思路，帮助我们更全面地理解问题，避免判断和选择出现偏颇。

总之，判断与选择是一个动态的过程，也是我们生活中不可或缺的一种能力。人生、社会乃至国家，都需要不断地进行判断和选择。在实践中积累经验，逐步提高判断能力和选择水平，才能更好地实现预期的目标。

疏密

世上万物布局疏密相间，是天地造化的安排；世间疏密既是客观世界的反映，也是人类创造的结果。疏密之间，蕴含着奥秘和智慧。密不透风是厚实与扎实，当然也有压抑和窒息；疏可跑马是开阔和自由，当然也有散漫与拖沓。两者相互映衬，构成丰富多彩的万象世界。

疏，给人留下想象的空间。疏朗的布局，让事物之间有一定的场域，让我们的目光可以自由地穿梭，让我们的思考可以无拘无束地展开。它就像一幅精妙的画作，恰到好处地留出一些空白，让观赏者能够在这片空白中注入自己的情感和想象。千亩地里一棵苗，那棵孤独的苗，在广阔的天地间显得格外引人注目。它周围的空旷，反而显得它更具生命活力与魅力。高手画家在创作时，深谙留白的重要性。留白恰当，给人带来诗画般的想象。画面上的留白，并非一无所有，而是蕴含着无尽的可能。余音绕梁，声音虽已消逝，但韵味犹存，让人心生向往。这种余味无穷的感觉，正是疏带来的独特魅力。园林中的留白，让景致更加错落有致；城市中的留白，让空间更具呼吸感；天空用疏朗的白云做映衬，让蓝天更加深邃动人；花的疏朗，让花朵显得更加娇艳欲滴。这些都是疏在生活中的体现。可过于疏，稀稀拉拉，一畦地里只有几棵菜，收获便显得很薄微。

密，给人以紧凑、充实的感觉，某些时候可以带来安全感和稳定感。天空中的云如果不聚拢，就不会落下雨水；田地里的庄稼如果未能达到一定的密度，就不会获得好收成；纳鞋底的针线如果不密实，鞋子便不经穿；人的思考如果不缜密，论证便有漏洞，行动便有疏漏；大地如果不厚实紧密，就不能承载万物。当然，过于密实，会让人置身于封闭空间透不过气来，仿佛被无尽的压力所包围，让人有疲惫感。茂密的森林，自然会让人产生不能远望的孤闷感。

失去的是人生中的空白。这些空白，并非毫无意义。在人生的舞台上，我们需要学会给自己留白。不必追求事事完美，不必追求拥有一切。适当的疏，让我们有时间去思考、去总结。特别是当一人独处时，许多感悟便会冒出来。过于忙碌，失去了自我，我们就会迷失在琐碎的事务中。适当的空白，让我们有机会审视自己，找到内心的宁静和方向。空白是一种境界，是一种空灵。它不代表虚无。冬日里的枯枝，看似凋零，却蕴含着蓄势待发的生机。空白让我们有机会去接纳新的事物，迎接新的挑战。可是，留白终究是为了更好地实现自己，如果永远留着空白，那收获多半渺茫。

密是相对于疏而言的。增加密度是延展时间的途径。在同样的时间里，你若用充实去填充，内容就会厚重，就会丰富多彩。譬如读书，如果浅尝辄止，停留于一知半解，浮在表面，便不会成为有学问的人。有用的书需要精读细读，温故知新，才能从中获得尽可能多的良知。广泛涉猎固然重要，但深入钻研更能让我们领悟知识的真谛。在浩瀚的书海中，我们虽要博览，但更要选择一些经典之作，用心品味研究。哪些书需要浏览，哪些书需要精读，其中也蕴藏着道理。这样的读书方式，就像是在疏密之间去寻找平衡。

疏密恰当与否，关键在于合理的度。在现实生活中，我们往往容易陷入密的陷阱，追求物质的丰富，追求事业的成功，追求无尽的忙碌，把自己安排得满满当当，不给空白留一丝余地。这样的生活看似充实，实则疲惫不堪，在密不透风的状态中忘记了生活的本真。也有人陷入疏懒之中，没有理想，缺乏目标，失去追求，不思进取，这更不妥当。所以，我们要认真理解疏密的含义，学会在生活中找到最佳平衡点，在芸芸众生的世界里，让自己既过得很充实，又不在忙碌中失去自我，用疏密交错的智慧编织生活，我们才能真正享受生活的乐趣。

效率与公平

　　效率与公平，不仅具有理论意义，更具有社会实践意义。效率与公平的关系，是社会的基本关系之一。

　　效率的本质，是对资源的优化配置和有效利用。效率体现为在一定时间内完成任务的能力，也可看作产出与投入的比值。效率的提高，意味着能够以更少的资源消耗获得更大的产出，推动社会财富更快增长及经济社会更好发展。效率的提高，源于人们的智慧和创造力。人们通过不断地创新和改进，提高生产技术和管理水平，从而实现更高的效率。竞争也是促进效率提高的重要因素，在竞争的压力下，人们会努力寻求更优的解决方案，促进效率提高。

　　公平的本质是社会正义。公平既表现为人们对权利和机会的平等追求，也表现为对社会物质条件的公平享用与占有。公平的意义在于保障每个人都能够享有平等的发展机会，不受歧视和偏见的影响。公平是社会稳定的基石，它让人们在社会中感受到尊严和尊重，增强社会的凝聚力和向心力。人们获得公平对待时，会增加对社会秩序的认同感，减少不满和冲突。公平也能激发人们的积极性和创造力，让每个人都有动力去追求梦想。

　　追求效率会形成贫富差距，平均化又会导致效率低下。由于人们的智力存在差异，不同个体、组织或地区在资源、发展条件方面又有不同，于是导致效率不同。一些人可能凭借资源的优势获得更多的利益，而另一些人逐渐被边缘化，失去了发展机会。如果片面地以效率决定财富，导致差距过大，就有可能引发社会矛盾。如果过分追求绝对平均化，社会就会失去创造活力。所以，实现公平并非易事。实现公平是一个动态的过程，起点及客观条件不同，尤其是人不同，所以，追求绝对公平本身就不公平。公平实现只是相对状态。力图做到公平，将公平界定在一定区间内，这是社会管理的目标。在市场经济条件下，市场需要公平竞争，可市场经济运行的结果却导致不公平。效率不同，会产生不公平现象。效率使公平失衡，平均化又会导致效率低下。

因为你干得好、干得多就多得，你勤奋努力就能上好大学，得多得少与能否上好大学，既是不公平的，又是公平的。公平中蕴藏着不公平，不公平包含公平。你祖上努力，家底厚，你比别人过得好，这不公平；可是，你祖上的努力也是应当得到承认的，这又是公平的。让一部分人先富起来，激发人们的积极性和创造力，这是提高效率。一部分人富裕起来后，有了较多的财富积累，占有较多的社会资源，应该承担相应的社会责任，带动更多人走向富裕，这是寻求公平。

效率与公平是社会发展的永恒主题。提高公平前提下的效率与提高效率基础上的公平，是对立统一的。在追求效率的过程中，不能牺牲公平；在追求公平的过程中，要充分考虑效率的提高。首先，要建立健全法律体系，确保每个人的基本权利得到法律保护。其次，要实施必要的政策，通过税收、社会保障等手段调节收入分配，让大家能够比较合理地共享社会发展成果。再次，要通过收入再分配，加大对资源条件差的贫困地区和弱势群体的扶持，逐步实现全体人民的共同富裕。最后，还要强化教育公平，让每个人都有平等接受良好教育的机会，提升人的自身素质。此外，还要培养人们的公平意识和效率观念，让公民认识到两者的依存关系，从而能够自觉地理解与把握公平与效率观念，共同创造公平的、积极向上的、和谐繁荣的社会。

形势

形是事物的外在形态与结构，势是事物发展的趋向与态势。

形是静态的存在，如山川之轮廓、建筑之架构，是可以直接观察到的表象；势是动态的，如风云之涌动、江河之奔流，透出的是气息与韵致，其形态可见，也不可见。形是横断面，是当下；势是纵深，是去向。形表达的是状况；势呈现的是趋势。形可以观瞻，势可以感受。形势结合，构成事物发展变化之全貌。

诸葛亮未出茅庐便能洞察天下大势，提出三分天下之构想，为何？源于对形势的深刻理解与把握。汉高祖刘邦盛赞张良能"夫运筹策帷帐之中，决胜于千里之外"，缘于张良对形势的拿捏与把握。"秀才不出门，便知天下事"，不在于秀才有知识，而在于秀才眼中有形，心中有势。

形势永远处于动态与变化的过程之中。日月递进，春秋更迭，时代发展，社会进步，形势总在不断演变着。势变则形变，形变又影响势变。推动势变的因素，主要但不完全包括：自然环境变化、科技进步、政治制度变革、人们观念的改变及突发事件的出现，等等。两次世界大战都是由突发事件引起。"9·11"事件是突发事件，却由此改变了世界。如果用动态的、发展的眼光看待形势，就能敏锐地捕捉到变化的未来趋势。把握形势需要有广阔的视野和深刻的

洞察力，了解事物的本质和发展规律，分析相互关联的各因素，方能比较准确地预判形势走向。预则立，然后还要有果敢的决策力和灵活的应变力，在形势变化中及时调整策略，趋利避害，成就功业。

汉朝初年，刘邦想出击经常骚扰边关的匈奴。白登之围让他清醒地认识到，时机尚未成熟。于是，他韬光养晦，养精蓄锐。到了汉武帝时期，国力殷实，人民支持，又有卫青、霍去病这样的大将的助力，一场声势浩大的对匈战争，终于体现出大汉的威武。

什么是形？客观条件是形；什么是势？顺天地人心而动为势。西汉末年的王莽，本来能力超强，可他代汉建立新朝后，倒行逆施，诸多改革举措未能获得人民的支持，人心思安，人心思汉，加之天灾频出，时势便不容王莽。中华几千年文明的延续，不像其他文明古国中断过，固然有文明自身的原因，可在客观上，东有大海，西有群山，北有草原，南濒诸小国，也是其中原因之一。朱元璋重人和，在群雄争锋时，他的军队纪律严明，不乱杀无辜百姓，而陈友谅篡位杀死徐寿辉，人心离散，失了人和，胜败由此可见一斑。水无定势，情随事迁，就是因为变化难以把握，历史上才产生了许多悲喜剧。

形具有一定的稳定性，势在无尽的变化之中。月随日转，云随风转，山随人转。恰如人，不变的是生死、吃喝拉撒睡、劳动等，而变的是思想与观念。恰恰是变的东西左右着不变的存在。形势之走向，如分子与分母，不管谁发生变化，都将影响数值的大小。

鱼与渔

　　"授人以鱼，不如授人以渔"，这句俗语既告诉我们，给他人"鱼"，不如教给他人捕鱼的方法；也告诉我们，直接从别人手里接收财富，不如自己学到获取物质财富的方法和技能。

　　"鱼"代表物质财富，是可以直接享用的收获；"鱼"是我们渴望获得的目标，是我们努力追求的结果。"鱼"终究会有吃完的一天，仅仅依赖嗟来之食，而不懂得如何获取"鱼"，那么财富终有枯竭的时候。

　　相比之下，"渔"则是捕鱼的方法，是获取财富的技能和智慧。拥有"渔"，就拥有了持续创造财富的能力。它能让我们依靠自己的能力去获取所需。技能如同一把钥匙，能够撬开获取财富的大门。

　　有些贵族子弟依靠家族的财富过着奢华的生活，缺乏真正的才能和谋生的技能。一旦家族的财富消耗殆尽，或者发生突然变故，他们便陷入生活困境。《红楼梦》中的许多人物，便属于这种类型。有的人通过继承或得到意外之财获取大量财富，由于不懂得如何管理和增值，最终导致财富流失。这样的例子不胜枚举。通过学习和实践，掌握一技之长，凭借自己的本事生存和发展，如果没有了"鱼"，则可以获取"鱼"。

　　这个命题告诉我们，真正的价值不在于拥有多少物质财富，而在于拥有获取财富的能力和智慧。只追求"鱼"的人，守株待兔，坐享其成，终究不可靠。懂得追求"渔"的人，掌握获取财富的方法，一般不会陷入困顿。

所以，我们不能仅仅满足于眼前的利益和收获，要注重能力和技能的培养。学习知识，掌握技术，锻炼思维，这都是在为自己积累"渔"的资本。

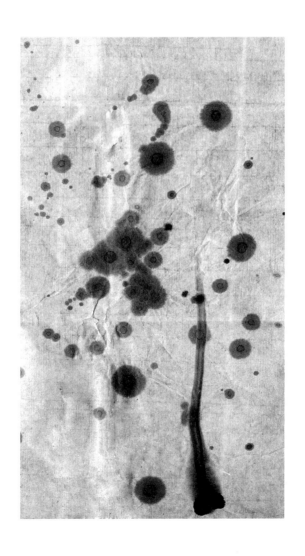

聚散

~~~~~

聚与散是人生与社会的常态。聚散交错，世态万象。有聚必有散，"天下没有不散的筵席"，这是人与社会的动态写照。

音乐使人相聚。音乐无国界，它是一种神奇的艺术，能够将人聚在一起。当人们共同聆听美妙的旋律，感受节奏的律动，心灵便会产生共鸣，彼此之间的距离就会拉近。音乐使人团结，让人们在共同的情感体验中找到归属感。与音乐相反，钓鱼使人离散。钓鱼者各自守在一方水域，专注于自己的垂钓，扎堆钓鱼的情景少有，因为扎堆会相互妨碍。

"树倒猢狲散"这句成语，形象地揭示了聚散与事物变化的关系。树的存在促成猢狲聚集，树的倒下导致猢狲离散。事物的聚散都有其内在的原因和规律。物以类聚，人以群分，相似的人或事物往往会自然地聚集在一起。

水是生命之源，它的变化也蕴含着聚散的哲理。水汽相聚而成云，云相聚而蔽天，蔽天之云则成雨。水能载舟，亦能覆舟，这不仅是一种自然现象，更是一种社会隐喻。当人们为了共同目标团结在一起时，力量是强大的；当利益发生冲突或目标不再一致时，便导致离散与冲突。

为利而聚者，因利而散之；因义而聚者，情义长存之。在人生的舞台上，我们会遇到各种各样的人，有些人因利益而走到一起，一旦利益关系发生变化，便会分道扬镳。瓦岗寨的历史就是一个典型的例子。当初，人们为了推翻隋朝的统治而聚义于瓦岗寨，有着明确的目标。当这一目标实现之后，乌合之情便开始发酵。他们没有建立起后续目标，每个人对未来的选择存在分歧，最终导致瓦岗寨走向没落和解散。乌合之众，是对那些没有明确目标的群体的称呼。这告诉我们，一个群体要想长久稳定地存在和发展，必须有清晰的目标和共同的信念。只有因道义和情感而相聚的人，彼此之间的关系才能深厚且持久。心近为邻，虽千里也；心远为散，虽咫尺也。距离不能阻隔真正的情谊，心灵的疏远才是离散的根源。

在文学创作中，发散与聚合是两种重要的表现手法。发散可以让思维自由驰骋，拓宽想象的空间；聚合则能将分散的思绪集中起来，形成有力的表达。书法的章法和绘画的技法中，也蕴含着聚散的智慧。书法家通过笔墨的挥洒，营造出疏密有致、气韵生动的作品；画家则将色彩和线条相组合，展现出聚散的美感。

"人有悲欢离合，月有阴晴圆缺，此事古难全。但愿人长久，千里共婵娟。"这几句词，道出了人们对聚散的美好期许。无论相隔多远，当我们仰望同一轮明月，心中便会涌起对彼此的思念和祝福。聚散是人生的常态，我们要学会珍惜相聚的时光，同时也要坦然面对离散的时刻。

人生如一幅画卷，聚散便是其中的笔墨。我们在聚散之间体验着喜怒哀乐，感受着生命的丰富多彩。聚是力量的汇聚，是温暖的源泉；散是旅程的转折，是新程的开始。无论是聚是散，我们都要以平和的心态面对。在岁月的长河中，聚散会不断上演，每一次的聚散都是一次体验。我们要在聚散的交错中，保持一颗豁达之心，拥抱生活的变化，用微笑和勇气去迎接人生的聚散离合。

雄强与儒雅

~~~~~~~~

雄强与儒雅是刚柔并济的人生智慧，是圆满人格的表达。

雄强与儒雅这两种品质如并蒂之花，各自绽放着独特的魅力，同时也相互交融，共同构成了丰富多彩的人性画卷。雄强代表着力量、果敢与坚毅；儒雅象征着温和、谦逊与智慧。两者看似对立，实则相辅相成，共同塑造着不同的人生。

雄强是一种勇往直前、不畏艰险的品质。古往今来，无数英雄豪杰以雄强之姿，书写了壮丽的篇章。项羽力能扛鼎，破釜沉舟，展现出了无与伦比的雄强气概，他的勇猛和决心令人钦佩；亚历山大大帝凭借坚定的意志，征服了大片土地，建立起了庞大的帝国。在现代社会，那些勇于创新、"敢为天下先"的企业家们，同样展现出雄强的一面。他们不畏风险，执着追求，为推动社会进步做出贡献。

然而，雄强并非意味着鲁莽和蛮干，在雄强之中融入儒雅的智慧，方能达到更高的境界。儒雅是一种内在的修养和风度。孔子被尊为至圣先师，他以儒雅的风范和深刻的思想，影响了世世代代的中国人。他倡导的"仁""礼"，体现了对人性的关怀和对和谐社会的构想。诸葛亮智谋超群，却以儒雅谦逊的态度为人处世，他的智慧和品德令人敬仰。大科学家爱因斯坦，不仅在科学领域取得卓越的成就，他的儒雅气质及对和平的追求，也让人赞叹。

雄强与儒雅，在历史的长河中相互辉映，在许多有作为的人身上体现出很好的融合。汉武帝雄才大略，开疆拓土，同时也注重文化建设，推行儒术，展现出了刚柔相济的一面；唐太宗李世民，文治武功皆备，既有征战天下的雄强气魄，又有虚心纳谏、关爱百姓的儒雅情怀。这些伟大的人物，用他们的行动诠释了雄强与儒雅的完美融合。

在现实生活中，我们也需要在雄强与儒雅之间找到平衡。在面对困难和挑战时，要有雄强的勇气和决心，不畏惧，不退缩。与人相处时，我们要展现出儒雅的一面，以温和、宽容的态度对待他人。只有这样，我们才能在人生的道路上走得更远，才不至于出现人际冲突。

我们过于强调雄强时，可能会变得鲁莽冲动，失去理智；过分注重儒雅，则可能变得优柔寡断，缺乏行动力。因此，我们要学会将两者结合，根据不同的情况灵活运用。

雄强是火，燃烧着激情与梦想；儒雅是水，润泽着心灵与智慧。人们在雄强与儒雅的交融中，不断提升自己，以更加从容自信的姿态迎接一切挑战，书写精彩人生。

在充满变化和挑战的时代，让我们将雄强与儒雅结合起来，共创美好未来。

新旧

新与旧是过程的延续。从时间上来看，今日是新，昨日是旧。从存在状态来看，期望是新，拥有是旧。在人类的情感领域和行为世界中，新旧是不断产生着的一组矛盾。它反映着人们对变化与稳定、新奇与熟悉的态度和选择。

新通常代表着新颖、创新、前所未有的事物或观念，它带来新鲜、刺激和希望。旧意味着过去的、传统的、熟悉的东西，它承载着历史和记忆。新的东西有好坏之分，旧的东西也有应该继承与抛弃的区别。

新与旧并非绝对对立，而是相互依存。新是在旧的基础上发展而来的。旧可以通过创新焕发新的活力。两者循环往复，通过不断地肯定与否定，构成事物的发展脉络。新不可以脱离旧，旧的事物在发展变化中会产生新。新事物和旧事物相互依存，相互影响，相互转化。今日的新事物，明日便可能成为旧事物。新事物在旧事物的"母腹"中孕育成长，它在否定旧事物的同时，继承了旧事物中的积极因素，并增添了新的内容。

《世说新语·贤媛》中有一则故事。它说的是东晋车骑将军桓冲不喜欢穿新衣，一次洗完澡，夫人故意给他送去新衣，桓冲怒了，催着让人拿回去。夫人又让人拿回来，并给他捎话说："衣服不经

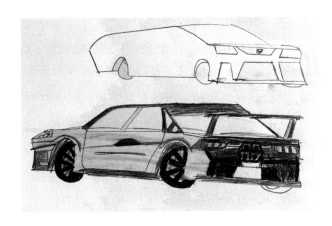

过新的，哪会有旧的呢？"桓冲听后，便高兴地穿上了新衣。

新旧事物在斗争中完成扬弃与继承。新事物替代旧事物是一个过程，会经历艰难曲折。在社会历史领域，新旧之间的辩证关系表现为社会的进步与变革，新的社会制度必然取代旧的社会制度，譬如封建社会代替原始社会。在日常生活中，我们也可以看到新旧之间的动态变化。例如，新技术的出现逐渐取代旧技术，新的生活方式取代旧的生活方式，等等。

喜新是人类对未知和变化的本能追求。新的事物能够激发我们的好奇心和探索欲，让我们感受到生活的多样性和可能性。旧体现了人们对于陈旧、乏味事物的自然抵触心理。当旧的东西无法满足人们的需求，或不能给人们带来足够的乐趣时，人们便有意识地去摆脱它。

新旧更替泛化于我们的生活中。在消费领域，人们不断追求新款商品；在情感世界，可能会因为新鲜感缺失而厌倦一段感情；在文化艺术方面，新的流派和风格不断涌现；热衷于追求最新的科技产品，手机、电脑换了一茬又一茬；追逐时尚潮流，去年流行喇叭裤，今年流行吊腿裤，明年或许是阔腿裤；寻觅新的感情，今日换老婆，明日找情人，或者八九十岁时还要娶个小老婆。这种状态总体来看具有积极的一面，当然也有消极的一面，需要具体情况具体分析。追逐新，可以推动进步和创新，不断开辟新的认知和新的生活领域。但过于追逐新，又会令人浮躁与不安，使人变得急功近利，难以坚守和传承那些旧有的有价值的东西。要做到喜新不厌旧，需要我们在追求新事物的同时，保持一份理性，对新旧事物的性质进行鉴别。

新旧事物总是在扬弃中继承与发展。扬弃不是一概否定，当然更不是全盘接受。在不断更新的过程中保持选择，这是扬弃的本质。新事物有好坏之分，譬如塑料的诞生，一时让人惊喜，后来发觉这东西贻害无穷。旧事物也有优劣之别，譬如孝道，这是古老的传统之一，抛弃它便失去人的本性。所谓新变，应当是在继承基础上的创新。

喜新与厌旧是人类情感和行为中的复杂现象。要正确认识二者的本质，立意新，敢于抛弃那些过时的、不合理的东西；不厌旧，能够坚持继承和发扬优秀的传统和文化；在追求新事物的同时，珍惜旧有的价值，做到喜新而不厌旧，找到属于自己的平衡与和谐，更好地适应变化，让生活变得更有价值。